彩图珍藏版

徐若央 著

枕上诗书

一本书读懂最美古诗词

中国出版集团　现代出版社

图书在版编目（CIP）数据

枕上诗书：一本书读懂最美古诗词 / 徐若央著. ——

北京：现代出版社，2019.3

ISBN 978-7-5143-7668-5

Ⅰ.①枕… Ⅱ.①徐… Ⅲ.①古典诗歌－诗歌欣赏－

中国 Ⅳ.①I207.2

中国版本图书馆CIP数据核字(2019)第044042号

著　　者	徐若央
责任编辑	袁　涛
出版发行	现代出版社
地　　址	北京市安定门外安华里504号
邮政编码	100011
电　　话	010-64267325　64245264（传真）
网　　址	www.1980xd.com
电子邮箱	xiandai@cnpitc.com.cn
印　　刷	三河市金泰源印务有限公司
开　　本	880mm×1230mm　1/32
印　　张	9.5
字　　数	210千字
版次印次	2019年5月第1版　2023年9月第22次印刷
标准书号	ISBN 978-7-5143-7668-5
定　　价	45.00元

没有什么烦恼，是一首诗词解决不了的。

如果有，那就两首。

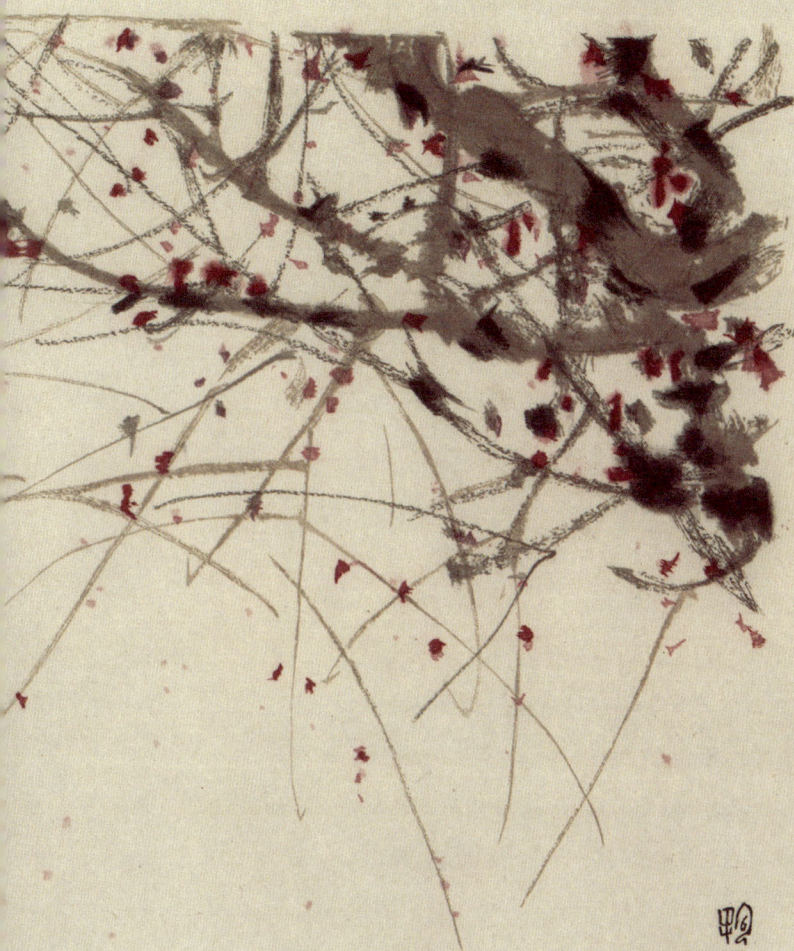

目录

序：单枕梦

最爱在雨夜读诗，长夜漫漫，听着雨声，读着诗词，仿佛回到千百年前，心中流淌一股莫名的哀愁。

读诗，是一辈子的事情。

我读的第一首诗并不是《静夜思》，也不是《清明》，而是宋代邵康节写的《山村咏怀》：

一去二三里，

烟村四五家。

亭台六七座，

八九十枝花。

二十个字，朗朗上口，寥寥几句，便构成一幅山村画，风景融于诗中，自然朴实。

之后，虽接触过诗词，却并没有痴迷，直到偶然读到纳兰性德写的一首诗《木兰词·拟古决绝词柬友》：

人生若只如初见，何事秋风悲画扇。

等闲变却故人心，却道故人心易变。

骊山语罢清宵半，泪雨零铃终不怨。

何如薄幸锦衣郎，比翼连枝当日愿。

人生若只如初见，这一句话，便让人心生疼痛，不知为何，竟流下泪水。那会儿算不得理解这首诗，现在也不见得全理解。诗词就是这样，不同时期，都会有不同的感悟。

后来问过许多人，他们也曾有过这样的经历，虽年纪不同，可对诗词都有相同的记忆，总有那么一首诗会触动你的内心，带给你似曾相识的感动。

岁月流转，沧海桑田，千百年前，曾有人和你有着相似的心境。

"枕上诗书闲处好，门前风景雨来佳。"这是李清照大病初愈写下的句子。那时的她双鬓已白，整日药不离身，闲暇时，只能读书、赏景。

喧嚣的世界，已少有人会静下心来读诗，并非不想读，而是不愿去花费时间理解。于是，我将自己的理解和感受写下，希望其中的文字能与你产生共鸣。

书中有才子佳人，也有帝王将相，有落魄书生，也有股肱之臣，他们笔下的诗词或温暖，或哀愁，或旷达，从入世到出世，皆有因果。

诗词中的故事，不急不缓，将那个时代的故事娓娓道来。

中华上下五千年，人的心从未变过，追逐梦想，渴望爱情，有些事情明知无法改变，还是一意孤行，这就是人类，是感性。

如花美眷，似水流年，在喧嚣的尘世中，寻寻觅觅，到最后，我们早已忘了自己最初的样子。不妨静下来，在平淡如水的生活中，读一首诗，听一段故事。

一首诗，一段情，一生梦。

1.昔日浓情今已变

【先秦】氓——《诗经》

氓之蚩蚩，抱布贸丝。匪来贸丝，来即我谋。送子涉淇，至于顿丘。

匪我愆期，子无良媒。将子无怒，秋以为期。乘彼垝垣，以望复关。不见复关，泣涕涟涟。既见复关，载笑载言。

尔卜尔筮，体无咎言。以尔车来，以我贿迁。桑之未落，其叶沃若。

于嗟鸠兮，无食桑葚。于嗟女兮，无与士耽。士之耽兮，犹可说也；女之耽兮，不可说也。

桑之落矣，其黄而陨。自我徂尔，三岁食贫。淇水汤汤，渐车帷裳。女也不爽，士贰其行。士也罔极，二三其德。

三岁为妇，靡室劳矣；夙兴夜寐，靡有朝矣。言既遂矣，至于暴矣。

兄弟不知，咥其笑矣。静言思之，躬自悼矣。及尔偕老，老使我怨。淇则有岸，隰则有泮。

总角之宴，言笑晏晏。信誓旦旦，不思其反。反是不思，亦已焉哉。

这是一个悲伤的故事。

从最开始荒唐的相识，便注定了结局。

氓，一个外来的人，商人。

他时常会拿着一些布匹来到市集上换丝，久而久之，便遇上了她。

她，桃李年华，虽不是倾国倾城之貌，可一颦一笑都是那般美好，如春日的微风，拂过他的眉间心上，暖暖的，让人忍不住为她停留。

没人知道他们是如何相识、相恋，或许是一见倾心，或许是日久生情。总之，彼此的心中早已暗暗许下誓言。

至于那些誓言是什么，怕是只有他们自己才知晓。

这日，他又怀抱布匹来到市集，她以为他是来换丝，谁知他这次是另有大事。

氓之蚩蚩，他满脸堆着敦厚的微笑，将布匹送到她手中，要与她谈婚事。

这一举动，显然唐突了佳人。

无媒无聘，实在有失礼仪。

她是女子，纵然心中急着出嫁，也要矜持地道一句："过些时日吧！"

闻言，男子脸上的笑容还在，只是眼中流淌着失落。

她送他过了淇水，到了顿丘。

淇水，卫国的河流；顿丘，在淇水南。

女子送男子，着实新奇，不是送短短几步，而是送了一程又一程。

这应当是一条很长的路，可对于她来说，却很短，短到还来不及将思念娓娓道来。有太多话想说，可望见他不悦的神情，所有的话都化成了一句："将子无怒，秋以为期。"

此时，她不在乎什么父母之命、媒妁之言，就这样将终身大事定下了！

她终究还是妥协了，因为，她太爱他，不愿看到他半分不快。

"请你不要发脾气，秋天到了，便来迎娶我吧！"

仔细算算，离秋天也没有多久了……

爱情这种事情是那么奇妙，一旦爱上，就如同入了魔一般，只会按着自己的心意去行事，任凭谁的话也不会听。

她的父母兄弟何尝没有劝说过呢？但是，沉迷于爱情中的女子早已分不清是非对错。

那些日子，她身着最美的衣裙，登到高处，伫立在那里，痴痴地遥望着市集的方向。

若没有见到情郎，便泣涕涟涟，黯然泪下；若见到情郎，便载笑载言，欢喜地迎上去。

恋爱过的人大抵都经历过这样的情景，心中不断地大起大落，看见他，仿佛得到了全世界；不见他，仿佛失了魂魄。

多么青涩又美好！那应当是她一生中最难忘的记忆。

他去求人反复占卜，又是龟甲卜卦，又是蓍草占卦，卦象的结果都是大吉、无凶。

终于他驾车前来迎娶她。

宁静的秋，叶子在微风中摇曳，田野上弥漫着稻花香。她一袭嫁衣，跟随他而去。那场景应是极美的，同时，也让许多未出阁的女子心生羡慕。

红妆花嫁，此刻岁月静好，无须多余的情话，她的回眸淡笑，便是一世长安。

若在戏本子里，这应该就算是圆满的结局了。然而，"氓"并未结束，对于爱情所有的感悟才刚刚开始。

沉醉于爱情中的年轻女子，不可对男子太过依恋。对于男子来说，若恋上女子，哪怕有一日不爱，也会无牵挂地抽身离去，可对女子来说，要脱身太难。

爱得越深，伤得越痛。

"自我徂尔，三岁食贫。淇水汤汤，渐车帷裳。

女也不爽，士贰其行。士也罔极，二三其德。

三岁为妇，靡室劳矣；夙兴夜寐，靡有朝矣。"

寥寥数句，便将一个婚后女子的生活展现得淋漓尽致！

婚后，她勤俭持家，不言辛苦，可那男子却变得性格暴躁，对她或打或骂。

她可以不在乎皮肉上的伤痛，可无法抹去心中的痛。

夫君的背叛，才让她痛彻心扉！

　　家门前的桑树叶子已经枯黄，飘零在寒风中，她推开窗子，满目萧条，已经记不清夫君有多少日没有回家，有十几日了吧！

　　究竟是去了何处，她也不愿去问。也许，又拿着布匹去集市上找年轻貌美的姑娘了。

　　她早已习惯独自守着空荡荡的院子，守着一份早已破碎的爱情。

　　整整三年，如同坠落黑暗无边的深渊，受尽煎熬，她看不见尽头，更摸不到希望。

　　流下的泪无人能知，心中的苦无人能诉。

　　多少个夜晚，她孤独地坐在家中，听着外面凄凉的雨声，黯然神伤。

　　细细回忆着这三年的点点滴滴、朝朝暮暮，她全心全意付出，到最后，却什么也得不到。

　　是时候该离开了，继续留在这里，只会连尊严也丧失。

　　她什么也没有拿走，如来时一样干干净净。

　　临走前，那个人也没有任何挽留，依旧烂醉地说胡话，对她冷嘲热讽。

　　她淡淡一笑，发誓这辈子再也不会回到这里。

　　沿着那条熟悉的路，驱车离去。

　　茫茫淇水，送她归去。

　　这条河流不知承载了多少儿女情长，她静静地望着它，心知一切都已回不到从前。

　　还记得，他们在这里彼此许下的海誓山盟，谈笑间流露的温柔，哪料往事都成空。

恍惚间又想起初见时的样子，他一袭素色衣衫，缓缓走过她的身旁，从那一刻起，她的目光再也无法移开。

现在想来，那时候的自己是多么可笑，一生一世的事情，就那样草率地决定了。

如今，淇水未断，他们的缘分已尽。

她回到家中，将自己的遭遇诉说，可换来的只是兄弟的嘲笑。

他们笑她太傻，当年不听父母之命，执意远嫁，结果，沦落成这样一副怨妇的模样。

她又何尝不知道自己愚蠢！

渐渐地，她的故事成了旁人茶余饭后的笑谈。不过，她早已不在乎，唯有经历过伤情的人，才如此云淡风轻。

"信誓旦旦，不思其反。反是不思，亦已焉哉。"

休要再想前尘，既然要断，就不要再想，就此终结也好。

正如张爱玲在《半生缘》中所写："我们再也回不去了。"

究竟为什么回不去呢？原因太多，多到连她自己也说不清。

最怕缘断情尽，其实，她什么也留不住。

一直在想，什么是爱？那是一种让人琢磨不透的感情，很容易深陷其中。

谁没有轰轰烈烈地爱过、伤过？

她心甘情愿地去忍受夫君对自己的伤害。在这场感情中，她一直是主动地追求，追求一份虚假的爱。

或许，那个男人真的爱过她，但仅仅是爱过，而不是长长久久地爱下去。

不知《氓》中的女子结局如何，在那样一个封建年代，她该何去何从？应该不会再嫁，即便遇到了另一段爱情，也不敢去尝试。

因为，受过伤，所以，不敢爱。

但，她的心已经足够坚强。

忽然想起一首乐府诗：

上山采蘼芜，下山逢故夫。

长跪问故夫，新人复何如？

新人虽言好，未若故人姝。

颜色类相似，手爪不相如。

新人从门入，故人从阁去。

新人工织缣，故人工织素。

织缣日一匹，织素五丈余。

将缣来比素，新人不如故。

女子上山中采蘼芜，下山的时候偶遇前夫。

于是，她跪在他面前，卑微地问："你的新妻怎么样？"

夫说："新妻虽然不错，却比不上你……你们美貌相近，可纺织技巧差许多。"

女子想起自己被休的情形，感叹道："新人从门娶回家，我从小门离去。"

夫急忙说："新人会织黄绢，你能织白素。黄绢日织只一匹，白素五丈更有余。黄绢白素来相比，我的新人不如你。"

她比《氓》中女子更卑微。

"长跪"二字，便已道明了她在感情中的地位。

一个被休弃的女子，遇见了从前的夫君，没有立即转身离开，而是跪下问他新娶的夫人如何。

可见，她应该还爱着他，试图挽回那段感情。

若是如《氓》中女子当断则断也就罢了，偏偏这个女子不愿断。

这一跪，显得那样凄凉。

二人你一言我一语，结局可想而知。想来，男子一定又要娶故人，可那位"新人"的命运该如何呢？应该又是一个悲伤的故事。

爱到底能让人卑微到何种地步？卑微到尘埃里。

2.问征人，几经风雨何时归

【先秦】采薇——《诗经》

采薇采薇，薇亦作止。曰归曰归，岁亦莫止。靡室靡家，猃狁之故。不遑启居，猃狁之故。

采薇采薇，薇亦柔止。曰归曰归，心亦忧止。忧心烈烈，载饥载渴。我戍未定，靡使归聘。

采薇采薇，薇亦刚止。曰归曰归，岁亦阳止。王事靡盬，不遑启处。忧心孔疚，我行不来。

彼尔维何？维常之华。彼路斯何？君子之车。戎车既驾，四牡业业。岂敢定居？一月三捷。

驾彼四牡，四牡骙骙。君子所依，小人所腓。四牡翼翼，象弭鱼服。岂不日戒，猃狁孔棘。

昔我往矣，杨柳依依。今我来思，雨雪霏霏。行道迟迟，载渴载饥。我心伤悲，莫知我哀！

这场战争终于结束了！

寒冬腊月，陌上的野草已经枯萎，征人走在归乡的路上，风雪掩埋了地上的脚印，看不清前方的路，白茫茫一片，好似没有尽头。

已经记不清走了多久，这条归途既熟悉又陌生。

好生漫长的路，好生疲惫。

他累了，停在路旁歇脚，望着匆匆而过的路人，回想起自己从军的那段日子。

那是暮春时节，杨柳飘絮，落英缤纷，到处都弥漫着淡淡的花香。女子们背着竹筐，结伴去山上采薇，如此美好的画面，多么让人难忘。

然而，就在这样一个繁花似锦的季节，敌军突然来犯，他毅然决然地选择离乡从军。

拜别了父母乡亲，与三五侠义之士一同去了军营，一身豪情，仗剑而去。

那是金戈铁马的年代，将士们怀着一腔热血，来到无情的战场。战争是残酷的，黄沙漫漫，看得见的只有敌人的刀和剑！

本以为这场战争几月便可结束，可久久没有结束。

一月、两月、三月，时间匆匆而过……

采薇采薇，薇亦作止。曰归曰归，岁亦莫止。

薇，野豌豆，种子、茎、叶均可食用。

采薇采薇，薇菜刚刚长出地面。说了要回家，可到年岁末仍然不能归。

归不得，猃狁还未退军。

他没有妻室，没有家，也没有空闲安家休息，都是为了与猃狁打仗的缘故。

猃狁这个民族听起来很陌生，其实，猃狁就是犬戎，如狼一般的草原王者。对于他来说，猃狁是强劲的敌人，所以这场仗打了一年又一年。

齐家治国平天下，这场战争，让他不得不将家放到最后。

有时候，他也会想起故乡的月光，以及采薇的姑娘。想到这里，心中便泛起无限温暖，他与众将士坚守在这里，经历风雨，不是为了建功立业，而是为了守护男耕女织的简单生活。

无数次与死亡擦肩而过，渐渐地，也习惯了这样的刀光剑影。

采薇采薇，薇亦柔止。曰归曰归，心亦忧止。

采薇采薇，薇菜已经嫩绿柔软。说了要回家，可战争还未终结，他是满心忧愁。一路上的饥渴难以忍受。安营扎寨的地方一日一变，根本无法托人捎封书信回家。

他受过的伤与苦，无法对人诉说，所有的苦都要含泪咽下，让自己的心慢慢变强大。

皮肉之苦倒是无妨，可心上的思念却难以抹去。

他也许会写下一封封书信，字里行间，写满了对故乡的思念，只不过，到最后，只能将无法送出的信放在烛火上燃尽。

思乡，人之常情，却不能轻易与人诉说。因为，太容易引人伤心。

这便是一个将士要忍受的孤寂，铁血中的柔情。

故乡啊故乡，可曾听到这个离人的叹息！

采薇采薇，薇亦刚止。曰归曰归，岁亦阳止。

采薇采薇，薇菜的茎叶已经变老，说了要回家，结果这场仗又打到了十月小阳春。战争没有休止，哪里能有片刻的安歇？

他一定时刻都在期待着，期待着胜利！

春去秋来，花开花落，都在刀剑声中度过。屈指计算着日子，又觉得算清楚也没有意义。因为，这场战争实在太久，久到不敢去细想。

对于家乡的思念越来越深，心很痛，痛到不愿抬头去看那月光，不愿低头去瞧石缝中的薇菜。

这日，跟随将军远行，忽然瞧见路旁盛开着洁白的小花。

"彼尔维何？维常之华。"

那灼灼绽放的是什么花？是常棣花。

《诗经·小雅》有《常棣》一诗："常棣之华，鄂不韡韡。凡今之人，莫如兄弟……"

常棣，指兄弟情义。

他想到了那些战死沙场的兄弟，坚韧的心又泛起哀伤。

当年，参军前，他们还在帐下痛快地饮酒，高声唱着家乡的田间小调。那声音现在还回荡在耳边，每每想起，都是相思。

旧日的时光一去不复返，再也没人陪他哼唱歌谣。

昏黄的烛火下，他与将士们吃冷食，饮寒酒，怀念着那些亡者。

然而，行军打仗之人，不可长久地沉浸在悲痛中。

天亮后，他又是那个满眼凌厉的勇士，提剑向敌军杀去。

将帅们的马车匆匆驶过，兵车已经驾起，没有人敢停下脚步，因为，这一个月已经与猃狁交战数次，伤亡无数。

他能清晰地听到将士因为疼痛，发出的呻吟声，到处都是鲜血的气息。

战争是残酷的，他的身上也是布满数不清的伤痕。看到那些新伤旧疤，刚开始会害怕，可时间久了，便也就无所畏惧了！

他娴熟地挥鞭驾着雄马，拿起用象骨装饰的弓和鲨鱼皮箭囊，深夜还在营中巡回。

早已习惯了这样的夜，几个人、一壶酒，守到天明。

他们无时无刻不在戒备猃狁，不敢有一丝放松。

就这样，日复一日，年复一年。

最后那场大战，他已经记不得自己是如何在箭雨中活下来的。擂鼓声中，他挥动着手中的剑，为了胜利而厮杀。自己无数次地倒下、站起，一股毅力支撑着他走到了最后。

寒风吹动着军旗，他听到了胜利的呼声。多年的战争，结束好像是一瞬间的事情！

回想这些年的苦，都化作了眼中的泪。

是的，一个将士，那时候，也该流泪了。

除了胜利的喜悦，他还在牵挂。

夜里，他伸出手指，蘸着浊酒，在地上反复地写着两个字：归乡。

这两个字，含着他的割不断的情愫。这几年，他衰老了许多，已经不似当年的少年，终究还是老了。

当年一同从军的好友已经战死沙场，独留他一人在这人世间。回乡的路，没有人陪伴他，如此孤单。

雪，还未停。

他走在雪地上，加快了脚步。

一边走，一边回想当初出征的情形，心中感慨万千。

他幽幽地感叹着："昔我往矣，杨柳依依。今我来思，雨雪霏霏。"

多么美的话，将四季都写在了里面，可这句话又充满了无奈。

四季轮转，昔日离家时，杨柳还在微风中摇曳，如今归来，已经是漫天飞雪。

凛冽的寒风催促着他前行的脚步，道路着实难走，泥泞不堪，他艰难地走着，即使已经筋疲力尽，他还是不停地往一个方向走去！

因为，终点即是家园。

其实，他很怕，怕回到家后一切都已物是人非，怕村里的孩童们不再有人记得他，怕被人问起同去从军的那些侠士去了哪里。

望着那漫长的路，沉声叹道："我心伤悲，莫知我哀！"

满腔伤感，满腔惆怅，满腔思念，谁又知晓！

既害怕，又期待。

他想念故土的点点滴滴，无人记得又何妨，物是人非又何惧！这些都不重要，重要的是他回来了！

回到那个最初的地方，那儿的天很蓝，水很绿，他会在乡间的田野上种薇菜，会做回一个普通人，珍惜这个兄弟们用鲜血换来的太平盛世。

或许，哪年狼烟又起，他还要身披盔甲，奔赴沙场！

《采薇》中的这名将士，很幸运。

在那个冰冷的战场上活了下来，这是很长很好的一生，他要继续走下去，直到时间的尽头……

古往今来，关于战争的诗词无数，大都离不开"思念"与"护国"。

将士身经百战，意志早已如钢铁一般。然而，他们是有血有肉的人，会爱，亦会痛。他们思念着故土，又要为守护故土而在战场上厮杀，用生命换来百姓的一世长安。

爱家，亦爱国；守国，亦守家。

最爱唐代王翰的《凉州词》：

葡萄美酒夜光杯，欲饮琵琶马上催。醉卧沙场君莫笑，古来征战几人回？

简单的四句，写明了酒宴上战士们的豪情万丈，一醉方休又何妨！他们来到这里，本就打算马革裹尸还。

月光如水，照在美酒佳肴上，拔剑四顾壮志满怀，醉在今朝，行在今朝。

这一夜过后，他们便要出征！去那狼烟滚滚的战场，将热血挥洒。

他们愿意醉卧沙场，愿意悲壮地死去。

有个朋友，他常常喜欢说一句话："男儿何不带吴钩，收取关山五十州。"

我想，每个铁血男儿心中定都有一种赤胆忠诚，携一身正气于江湖之中，看尽江山好风光。

这盛世，如你所愿。

3.易水寒，君心暖

【先秦】易水歌——荆轲

风萧萧兮，易水寒，

壮士一去兮，不复还。

探虎穴兮，入蛟宫，仰天呼气兮，成白虹。

荆轲，一个刺客。

刺客是什么？人类历史中一种特殊职业。

受电视剧影响，大多数人对刺客的印象并不那么好，觉得他们行刺，不过是为了钱财与名利。不过，当提起"荆轲"这个名字时，心里又是另一番感觉。

荆轲刺秦，带着一丝侠的气息，带着对死亡的从容。即便刺秦注定是一条没有归程的路，可他还是执着地前行。

他是个执着于剑术的男子，时常与盖聂这样的剑客高手谈论剑术。若不是生在乱世，他绝不会选择做一个刺客，或许，他会成为侠士。

这个故事，不只关于荆轲，还有高渐离。

两个人的故事，就从相遇说起。

那日，荆轲踏上燕国这片土地。

他去过许多城池，却从不肯停留安家。刺客本就要这样四处奔走，他早已习惯居无定所的日子。

这一次，荆轲也没想停留多时，可谁知遇到了高渐离。

他单手握剑，悠闲地走在市集上，忽然，耳畔传来一阵清冷又沉重的筑声。

曲中流露出的情感只有懂音律之人才能听懂。荆轲停下脚步，一眼看去，击筑之人是一个素衣男子。

虽是初见，但却如故，仿佛这个人的音容笑貌都让荆轲觉得熟悉。

所谓知音便是如此，无须曾经相识，只要此刻相见就好。

荆轲随着那筑声，缓缓地哼起歌来。

这些年，他游历了许多地方，却没有一处能让他停下前行的脚步。然而眼前这个人，让他有了留下来的理由。

人生难得一知己，能在这乱世中遇到一个知己，是他的幸运。

从此，荆轲时常在燕市上与高渐离对饮，喝得半醉后，高渐离击筑，荆轲高歌，时而欢喜，时而痛哭，引得众人回眸，可二人却全然不在乎。

这便是同道之人吧！用现代的话来说，陪你哭、陪你笑的人，一定要好好珍惜。

可在那个时代，这样的快意日子终究无法长久。乱世风云变幻莫测，谁也不知道明日是不是末日。

有一个人找了荆轲，他说自己是燕国太子。

太子丹原本在秦国做人质，后来逃回燕国，他深知秦王嬴政的野心，担心有一日燕国的城池被秦军所破。太子丹想出的计策，便是派人刺杀秦王。

可天下，谁有这样的剑术？

唯有荆轲。

经人引荐，太子丹找到荆轲，直言来意：刺秦。

太子丹需要一个勇士为燕国刺杀秦王，而荆轲就是他想要的人。

荆轲没有立即答应，他说："此乃国家大事，我恐怕不能胜任。"

太子丹放下皇族的身份，以头叩地，恳求荆轲。

荆轲并非贪生怕死之人，他可以去，只不过，他要弄清楚自己是为了谁而去。

思量后，荆轲还是答应了。只不过，他刺秦不是为了燕国，而是为天下。

从那日起，太子丹奉荆轲为上卿，每日都把美酒、美人送到荆轲的住处，想方设法地讨好他，可这些都不是荆轲想要的。

这日，荆轲如往常那般走在街市上，与高渐离一起高歌、饮酒。

刺秦是绝密之事，但是荆轲还是选择告诉了好友。他希望这世间会有一个人真心为他送行。

高渐离知道自己无法改变荆轲的决定，哪怕这个决定从头至尾都荒唐可笑。

临行前，燕国太子与百官来为荆轲饯行。

高渐离击筑，荆轲在寒风中高歌道："风萧萧兮，易水寒，壮士一去兮，不复还。"

风萧萧，易水岸边如此寒冷。壮士这一去，便再也无归来的可能。

这一句成了千古绝唱，后世，再难有人说出如此悲壮又洒脱的话。

明知是死路，却毅然向前，无惧无畏。

所有人都知道，荆轲去咸阳，无论事情成败，他都回不来了。

这样悲壮的歌声，闻者心伤。

一段唱罢，荆轲仰天长叹，望见天边出现的一道长虹。

高渐离心中更是悲伤，筑声越来越激昂。

这时，荆轲又唱道："探虎穴兮，入蛟宫，仰天呼气兮，成白虹。"

这一句，似乎在感叹自己的命运：深入虎穴，再无生还的可能，他终究也要化为那天上的白虹。

闻言，太子丹走上前，缓缓跪下，敬了荆轲一杯酒。

荆轲痛快地饮下杯中的酒，眼中就透着苦楚。

他并非贪生怕死之人，只是心中还有不舍，不舍这世间的美好，不舍眼前的知己。

没想到临走前，竟然变得犹豫。

人就是这样，应下事情时潇洒无虑，可做事时总会思量再三。

但是，终究还是要启程。

荆轲深深地望着高渐离，没有多言一字，转身消失在漫天的飞雪中。

那日的风雪冷得彻骨，那日的易水寒得无情。

高渐离望着荆轲远去的背影，他知道，这一别，将是永远！

燕国去秦国还有一段漫长的路程，路上，荆轲总会抬头望着明月，哼着旧日的曲子。

与荆轲同行的还有秦舞阳，不过，秦舞阳的剑术、胆魄都不及荆轲半分。

刺秦那日，荆轲与秦舞阳一同入宫。走进大殿，秦舞阳忽然脸色微变，目光中透着的怯弱早已被秦王嬴政看在眼里。

从这一刻起，刺秦就注定失败。

最后的结局世人皆知，荆轲刺秦失败后，倚柱大笑，叹道："大事未成，只因我想活捉你，逼迫你将诸侯的土地归还。"

话音刚落，秦国侍卫便冲进殿中，举起刀剑，刺向荆轲。

他闭上双眼，感受着冰冷的武器刺入自己的血肉中，这一刻，真的好想念那个人的击筑声。

可惜，今生怕是无缘再听见了。

生命的尽头，他想起在燕国集市上的日子，两个人痛快饮酒，肆无忌惮地高歌，一切都那么熟悉……

他的视线渐渐模糊，最后一动不动地坐在那里，身体已然没了知觉。

荆轲刺秦失败后，秦王大怒，派兵攻打燕国，而燕王为了能平息秦王的怒火，将自己的亲生儿子太子丹杀死，将人头送给秦王。

太子丹并不值得可怜，他是个自私的人，为了一己私欲，谋划了一场胜率渺茫的棋局。很不幸，荆轲成了他的棋子。

明知是死局，还要派人去试，太过愚蠢。即便有一日成为君主，也不会是仁君。

而燕王更是可笑，自以为下令杀了太子丹便能保住燕国。可最后，燕国还是被秦所灭。

燕国亡了，燕国百姓的心也死了。

战乱让他们无家可归，到处都弥漫着鲜血的气息。

高渐离抱着筑走在那片燕国的废墟上，这里早已不是当年的燕国，他也不再是当年的高渐离。

子在川上曰：逝者如斯夫。

原以为时间会冲淡一切，可时间仅仅是让人短暂地忘记悲伤，当伤疤被重新撕开，只会比曾经更伤、更痛。

当高渐离失神地走着，听到旁人提起"荆轲"的名字，心便会如刀割一般疼痛，痛到让他难以呼吸。

他的挚友，再也不会回来了！

他来到了易水河畔，离别时的画面历历在目，他幽幽地唱起了那首歌："风萧萧兮，易水寒……"

失去原来是这么痛苦，再不会有人陪着他击筑高歌，再也不会有人与他彻夜饮酒。

高渐离不愿这般苟且地活着，他选择了一条死亡的不归路。

原本可以隐居山林的他，选择四处击筑，为上宾奏曲。

终于，他在咸阳宫被人认出："这就是高渐离！"

高渐离淡然一笑，如此甚好，他可以与荆轲死在同一座宫殿，也算是最后的缘分。

可万万没有料到，嬴政没有杀他，赦免了他的死罪，熏瞎他的眼睛，把高渐离囚在了咸阳宫，日日为王公贵族击筑。

死不了，生又痛。

高渐离心中又伤又气，他决定效仿荆轲，与秦王同归于尽。

那日，他如往常一样入殿击筑。

只不过，这一次，他的筑中灌满了铅。

这最后一曲甚是哀伤，他知道，这里曾经沾满了荆轲的鲜血，今日，他的血也要溅在这座大殿上。

击筑之时，突然，猛地抱起筑撞击秦王。他一个瞎子，怎么可能击中！不过是为了寻求一死罢了！

嬴政容不得对自己不利的人存在。

所以，高渐离必死。这是注定的结局，也是高渐离选择的结局。

一步步，迈向生命的尽头。

他不后悔，燕赵自古多悲歌猛士，后世的人能在谈起他与荆轲时，提到一个"侠"字，足矣。

我曾在冬日去过易水河畔，冷风刺骨，易水没有结冰，淡蓝的河水透着寒气。闭上双眼，想到千年前荆轲从这里走过，忍不住落下泪。

泪很快便消散在寒风中。

我对那里的记忆只剩下三个字：易水寒。

易水真的很冷，荆轲与高渐离诀别时，到底忍受着多大的痛苦？那句"风萧萧兮，易水寒，壮士一去兮，不复还"夹杂着多少无可奈何？

如今，易水依旧流淌，却少有人记得荆轲……

4.一舞倾城奈若何

【秦】垓下歌——项羽

力拔山兮气盖世，时不利兮骓不逝。

骓不逝兮可奈何！虞兮虞兮奈若何！

在乱世之中，一切都是渺小的。

包括美人，渺小如尘埃。

或许有人羡慕英雄一怒为红颜，可那不过是男子为自己的谋逆找寻的借口。

美人怎么可能有江山重要！

她叫虞姬，一个颇令人欣赏的女子，不畏生死，执着爱情。

历史对她的记载甚少，无名、无族，生于乱世，亡于乱世。之所以能被世人记住，是因为她爱上了一个叫项羽的男子。

在《史记·项羽本纪》中记载道："有美人名虞。"由此，后来有人推测"虞"是美人的名，也有人认为"虞"是美人的姓，关于"姬"字也是众说纷纭：一则是"姬"乃姓，二则是"姬"为古代妇女的美称。

总之，虞姬的真实姓名，一直是个谜，没人知道她从哪里来，亦无人知道她与项羽如何相识。

她的出现，如初冬的雪，无声无息，却又让人难忘。

楚军里的将士已经没人记得清她的来历，只是知晓，某一年，某一日，项王抱着一身嫣红衣衫的她走进了营帐。

后来，几经战乱，她一个女子，随军而行。

长年的战乱让她容颜上绘满了沧桑，风沙湮没了她最美的年华，刀剑声充斥着她整个岁月。她已不是当年倾国倾城的虞美人，但风华依旧。

最善舞剑，舞尽了悲欢离合，乱世风云。

那夜，四面楚歌，她的眼中含着泪，倾听着他的悲歌："力拔山兮气盖世，时不利兮骓不逝，骓不逝兮可奈何，虞兮虞兮奈若何？"

他自幼便习武，力气可撼动山河，天生的王者，可惜，世间之事瞬息万变，如今，被汉军包围，望着自己的宝马与美人，实在不知该如何。

虞兮虞兮奈若何？

听到末一句，她停下舞步，失神地站在原地。

是啊！战败了，她该何去何从呢？

虞姬凝视着他的双眸，回忆起了与他的过往。

那时，他是江东的英雄，她仰慕他的英名，无意之间的邂逅，决定了两个人的缘，这是一场让他们还来不及回味一生的缘。

她一直都是个聪慧的女人，这种聪明来自她与生俱来的巾帼气质。爱跳舞的女子许多，但会舞剑的女子却是极少的。她也不过是万千女子中的一个，听着关于他的那些传说：火烧阿房宫，巨鹿之战。在乱世，他是真正的英雄！

就这样，她成为他身边唯一的女人，伴其左右。天下纷争不断，他们甚至没来得及办一场热闹的婚事。

他曾说乱世中，幸得此佳人不离不弃。

从此，她抛弃了安逸的生活，随他出征。

她叫他项王，他唤她虞姬。他是这个时代的英雄，亦是她一个人的王。

虞姬懂他的抱负，知他的柔情。他是项王，喜怒哀乐只有独自面对，她要做的不是安慰，而是陪伴。

一个真正骄傲的男人，不需要任何人的宽慰，尤其是自己爱的女人。

虞姬夜夜为他舞剑，只为看见他唇角勾起的笑。骏马、美人、将士，他拥有了让他无悔的一切。

她也曾仰望夜空，叹一句，是否后悔过？她也曾迷茫过，跟着他这样流离征战，是不是错的？她静静地转过身，看见烛光未熄的项王营帐，她笑了，原来自己从未后悔。对于女人来说，不用太多的言语，她只要看见爱人在坚持，就无悔了。

楚汉之争越来越激烈，有些事情仿佛早已注定一样，任谁也改变不了。隐隐地，将士们都觉得这场战争要结束了，可惜，胜者不会是他们拥护的王。

但是，楚国的将士怎能轻易认输！他们宁可死在战场，也不愿逃回江东。

这夜，军营四周传来了悲伤的楚歌，其歌云：

九月深秋兮四野飞霜，天高水涸兮寒雁悲伤。最苦戍边兮日夜彷徨，披甲持戟兮孤立沙岗。离家十年兮父母生别，妻子何堪兮独宿空床？白发倚门兮望穿秋水，稚子忆念兮泪断肝肠，家有余田兮谁裹菁粮，魂魄悠悠兮枉知所倚，壮士寥寥兮付之荒唐。汉王有德兮降军不杀，指日擒羽兮玉石俱伤。我歌岂诞兮天谴告汝，汝知其命兮勿为渺茫。

战乱、家乡、父母、妻儿，那些引人惆怅的人与事都在这首楚歌中，闻者伤情。

之前《采薇》中就写过征战之人的苦楚，离家数年，不能归，相伴征人的只有明月与刀剑。这场战争一步步走向胜利还好，若走向败局，那么，人心便越来越慌乱。

顿时，人心开始不安，误以为汉军把楚地都占领了。哀怨的乡音传遍这军营的角落，铁骨铮铮的男子闻声，也流下了泪。

遭遇此种困境，谁会不心伤？

当年，项羽率军四十万，威震天下。如今，自己的亲信所剩无几。

曾经的一切恍然如梦，金戈铁马的岁月已经走到尽头。

"项王，我会陪着你。"这是她对他的承诺。

那一夜，独有她守在帐中，四目相对，谁也没有开口说话。

此时无声胜有声，沉默便是最好的语言。他懂她要说什么，她知他要做什么。

一瞬间，她终于明白了什么才是乱世！她看着八千子弟兵一个个战死沙场，看着那些曾经追随项王的人离去。

乱世就是这样残酷，它将忠与义一点点消磨殆尽。

这时候，她才发觉自己这般无用。她恨自己上不了战场，成不了他手中的剑。甚至，她可能成为项羽的累赘。

那么，她的命运到底该如何？是留下，还是离开？

她望着他身上的那些新伤旧疤，心中又泛着疼痛。这些年，她时常穿着嫣红的衣衫，伏在案前，静静地凝视着他。

他是个简单的人，喜怒哀乐都挂在脸上，他也是个复杂的人，军政谋略都藏在心里。

这一刻，他败了，谁也没有料到他会输给刘邦。

大局已定，再无改变的可能。

听到那句"虞兮虞兮奈若何"，虞姬也迷茫起来。

她是项羽的女人，他若是败了，她必定落入敌军之手，后果可想而知。

世间上许多事情是逃不过去的，她看透了时局的成败，也看清了自己的路。

除了死，她没有路可走。

帐外，又传来一声声凄凉的楚歌，仿佛催促着她的死亡。

当年他们一个英雄、一个美人，与他的情，好像烈酒，含在嘴里，咽下喉中，都是火热的。那火热能温暖一切，又能淹没彼此。他们在火中而生，活得极尽红尘，羡煞旁人。

这夜，她要为他跳最后一支舞。

她拿起剑，如往常那样翩然起舞，舞步中透着女子的柔情与坚韧。这支舞很简单，却如此漫长。

她了解这个骄傲的男子，他宁可死也不会逃，既然知道结局是死，那么她只能先他一步赴黄泉。

虞兮虞兮奈若何！

这一次，就让她自己决定吧。

忽然，虞姬停下舞步，剑一点点移到颈上，含着泪，凄然一笑。

那笑容中透着不舍与伤情，倾国倾城，让人难以忘记。

她轻声道："汉兵已略地，四方楚歌声。大王意气尽，贱妾何聊生！"

霸王别姬，似乎是一瞬间的事情。

一道血如残阳般染红了项羽的眼，他来不及阻拦，只能轻轻地抱住她，感受着她身体的温度慢慢消失，心如刀割。

从一开始，他就不该带她入军营。他将她磨成一把锋利的剑，可剑不仅能伤别人，还能伤自己。她本该过着平凡的日子，做别人明媒正娶的贤妻，是他将她推入战火纷争，使她一步步走向末路。

没了天下，没了美人，这世上再也没有让他牵挂的东西。

次日，乌江之畔，他走到生命的尽头。

多么可悲，戎马一生，到最后，身旁只剩二十八人。

他想起那夜与虞姬的生死离别，历历在目，没承想，这么快就轮到了自己。

乌江自刎，他名垂青史。

他们什么也没有留下，除了这个故事。

他成了千古英雄，诗人为其填词作赋，可他却连自己心爱的女子都没有保住。

千百年后，无数人重新演绎《霸王别姬》，无论是戏台上，还是银幕中，都努力地在诠释那段爱。

虽然每一段爱情都不是那么简单，但也不复杂。结局已经无法去改写，只求那些读着史书的人，可以从中得到些不同的感悟。

最爱张国荣扮演的程蝶衣，不疯魔不成活。当看到程蝶衣拔剑自刎时，心里总会忍不住感叹："霸王终究还是负了虞姬。"

一些人，一些事情，记住就好，知道就好，懂得就好。

5.愿得一人心，从此不相离

【西汉】白头吟——卓文君

皑如山上雪，皎若云间月。

闻君有两意，故来相决绝。

今日斗酒会，明旦沟水头。

躞蹀御沟上，沟水东西流。

凄凄复凄凄，嫁娶不须啼。

愿得一心人，白头不相离。

竹竿何袅袅，鱼尾何簁簁。

男儿重意气，何用钱刀为。

古代，丧夫改嫁的女子，只佩服卓文君一人。

佩服卓文君，是因为她对爱的追求，以及对爱的守护。

有时候，爱情本就源于一时的冲动，若最后修成正果，便被人称赞是一见钟情；若不欢而散，便叫遇人不淑。总之，无论这场感情成与败，都会被旁人议论纷纷。

卓文君的爱情之路，便是如此，充满了流言。

卓家，拥有良田千顷，钿车宝马，是当时有名的富商。

而卓文君身为卓家女子，自幼便习书画，通音律，最善抚琴。年少之时，被人称赞的是非凡的才华。可长大后，人们的目光便转到了她倾城的容貌上。

面若桃花，明眸皓齿，自然引得不少才子慕名而来，上门提亲。卓家二老挑来选去，最终将碧玉年华的卓文君许配给了一个皇孙。

二人成亲没过几年，皇孙英年早逝，卓文君含泪回到卓家，成了方圆十里最年轻貌美的寡妇。

常言道：寡妇门前是非多。卓文君的一举一动都会引来旁人说长道短，所以，这个深闺女子活得小心翼翼，生怕自己哪里做错，丢了家族的颜面。然而，就是这样一个知书达理的名门闺秀，后来不顾伦理纲常，违背父母，与一贫如洗的司马相如私奔。

司马相如，字长卿，善作赋、抚琴。那日，卓家举办酒席，司马相如本不愿去赴宴，是县令亲自去请，才将他请入卓家，为座上宾客抚琴。

他双手放在琴弦之上，余光却偷偷地望着暗处的一个女子，屏风遮住了她半张容颜，她手执团扇，神情淡然，不喜不悲。

如此绝代佳人，身影却是那么孤单落寞，他心中不禁隐隐作痛。早就听闻卓家有一女儿，才貌双全，只可惜年纪轻轻便丧夫。如今相见，不禁怜惜她的遭遇，同时，心中也暗生爱慕之意。

县令问道："不知长卿今日要弹奏何曲？"

他缓缓说了三个字：《凤求凰》。

凤兮凤兮归故乡，遨游四海求其凰。

时未遇兮无所将，何悟今兮升斯堂！

有艳淑女在闺房，室迩人遐毒我肠。

何缘交颈为鸳鸯，胡颉颃兮共翱翔！

凰兮凰兮从我栖，得托孳尾永为妃。

交情通意心和谐，中夜相从知者谁？

双翼俱起翻高飞，无感我思使余悲。

一曲《凤求凰》，让卓文君忍不住看向抚琴之人。她是懂音律之人，自然明白琴音中暗藏的玄机，琴声传情，郎有情，妾的心中也萌生了爱意。

自守寡以来，卓文君许久未曾听到过如此动人的琴声，爱意缠绵，闻此琴音，平静如水的心泛起涟漪。这个男子如春风般闯进了她孤单乏味的生活，带给她无限温暖。他们虽未曾说过一句话，但目光无时无刻不在交流。宴席结束，司马相如派人用重金赏赐卓文君的侍女，托侍女将他的爱慕之意传给卓文君。

既然情投意合，就应当结局圆满。卓文君鼓足勇气，将自己与司马相如相爱之事告诉父母，希望能得到他们的成全，可惜遭到了父母的反对。

卓家富甲一方，绝不会允许女儿嫁给穷困的琴师。纵然司马相如是青年才俊，也依旧配不上卓家的女儿。

以卓文君的性情，必定哀求过、抗争过，又或者是古装剧的常见剧情一哭二闹三上吊，可最后，她依旧得不到父母的应允。

这个可怜的女子已经被封建礼教逼到了悬崖尽头，她无路可退，却又想前行。所以，那个深夜，她坚定地拿起包袱，逃出家门。

私奔是什么？一意孤行，与所爱之人逃走。这太疯狂，比赌博还可怕，将一生的幸福押在一个男子身上，抛弃父母家庭，真的值得吗？对于卓文君来说，应该是值得的，因为，她对那个嫌贫爱富的家早已厌恶，从来没有为爱拼搏过的人，这一次，要去追寻自由的爱恋。

爱不仅仅是山盟海誓，还有茶米油盐。当卓文君来到司马相如家中，才知何为真正的贫寒，家徒四壁，缸中无米。

卓文君的父亲卓王孙听闻女儿生活贫困，没有给予一分一毫的帮助，大怒道："女至不材，我不忍杀，不分一钱也。"作为父亲，他有意将卓文君逼到绝境，等待着她放弃。

患难见真情，卓文君并没有离开司马相如，她将车马卖掉，换来些钱财，买下一家酒坊，当垆卖酒。她放下诗书，端起酒器，舍弃绫罗绸缎，换上粗布麻衣，与雇工们一同劳作。

她倾尽所有，仅仅是为了守护这段爱情，她相信自己的夫君会出人头地，他们的苦难总会熬到尽头。

卓王孙只觉女儿抛头露面，有辱家门，从此，闭门不出。女儿和父亲都是固执之人，谁也不肯退让，谁也不肯认错。若长久下去，对父女二人始终是一种伤害，家族中的长辈们开始劝说卓王孙，让他的心渐渐软了下来。

终于有一日，卓王孙接受了这对苦命的鸳鸯，并分给他们一些奴仆、钱财，让二人过上富裕的生活。

司马相如也不负卓文君所望，他所写的《子虚赋》得到汉武帝赏识，从此，跟随帝王左右，平步青云。有些男子一旦有了权力与金钱，便开始忘记初心，他久不归家，对卓文君日益冷淡，那初见时的一见钟情早已烟消云散。

直到有一日，他告诉她，他要纳妾。

那个时代，即便再宽容的女子听到这四个字，也不会无动于衷。更何况，卓文君的性情倔强，她为了这段爱情付出了青春，如今得到这样的结果，心怎能不痛！

那夜，望着皎皎孤月，她含泪写下这首《白头吟》。

皑如山上雪，皎若云间月。这并非在写风景，而是在写爱情。她将爱情比作山上白雪、云间明月，爱本应如此纯洁明亮。可惜，君有二心，玷污了她心中美好的爱，所以，她要与他相决绝。

今日如同是最后的酒会，明日便分开在沟水头，过去的岁月宛如沟水东流，一去不复返。当初，她抛弃富贵，随他而去，没有流下一滴眼泪。而今泪如雨下，是因为那"愿得一心人，白头不相离"的心愿将破碎。

夫妻情投意合就应该像鱼竿那样轻细柔长，像鱼儿那样活泼自在，可他们的爱没有地久天长，也没有自在逍遥。

最后一句是：男儿重意气，何用钱刀为。

由此可知，司马相如曾想过用钱财来补偿卓文君的伤痛，他终究还是不懂她，她从来不是在意钱财之人，她唯一想要的便是他的爱。一首诗，一段情，她只想唤回他的初心。

这首《白头吟》寄到司马相如手中，他读过诗后，回了卓文君一封只有十三字的信："一二三四五六七八九十百千万。"

从一到万，唯独没有亿。无亿，便是无忆，他是在告诉卓文君，自己对她已经没有旧时的深情，那些回忆只当作梦一场，再不愿提起。

他无忆，她却有。

卓文君收到这封信后，心中又爱又痛，她回信《怨郎诗》："一朝别后，二地相悬。只说是三四月，又谁知五六年？七弦琴无心弹，八行书无可传。九连环从中折断，十里长亭望眼欲穿。百思想，千系念，万般无奈把郎怨。万语千言说不完，百无聊赖，十倚栏杆。重九登高看孤雁，八月仲秋月圆人不圆。七月半，秉烛烧香问苍天。六月三伏天，人人摇扇我心寒。五月石榴红似火，偏遇阵阵冷雨浇花端。四月枇杷未黄，我欲对镜心意乱。忽匆匆，三月桃花随水转。飘零零，二月风筝线儿断。噫，郎呀郎，巴不得下一世，你为女来我做男。"

又附《诀别书》："春华竞芳，五色凌素，琴尚在御，而新声代故！锦水有鸳，汉宫有木，彼物而新，嗟世之人兮，瞀于淫而不悟！朱弦断，明镜缺，朝露晞，芳时歇，白头吟，伤离别，努力加餐勿念妾，锦水汤汤，与君长诀！"

虽是诀别书，可每一句话，每一个字，都是缠绵的情。与君长诀，太难，纵然他背叛了这段爱情，她依旧爱着他。爱的确会改变一个人，她曾为爱夜奔，如今，却没有割舍爱的勇气。这封信是她最后的希望，倘若那人还有半分旧情，就应当回头。

千里之外，司马相如看到信后，不禁想起昔日的患难真情，心中羞愧。他回到家中，从此再不提纳妾之事。

二人隐居山林，远离红尘喧嚣，过着白头偕老的生活。

虽然两人重归于好，可这件事情始终是扎在心头的一根刺。哪怕多年以后，他们双双年迈，也无法忘记曾经那首《白头吟》。

愿得一心人，白头不相离，是承诺，也是愿望。

6.美人倾城，爱如云烟

【西汉】佳人曲——李延年

北方有佳人，绝世而独立，

一顾倾人城，再顾倾人国。

宁不知倾城与倾国，佳人难再得。

那年，汉宫内，鼓瑟吹笙，乐曲缓缓而起，李延年轻声唱道："北方有佳人，绝世而独立，一顾倾人城，再顾倾人国。宁不知倾城与倾国，佳人难再得。"

北方有位窈窕的佳人，容貌绝世，独立于人世间。回眸时，君临天下的人都甘心为她亡国。纵然是红颜祸水，也千万不可失去与她相见的良机，毕竟，若是错失相遇，佳人便难再得到。

这样满含深情的歌曲，唯有李延年一人能唱出。

李延年，曾经因触犯汉朝律法而受到宫刑。宫刑，这种刑罚，司马迁就受过。历史并没有记载李延年因何罪受刑，但其罪必然恶不可赦。

受刑后，李延年被发配宫中为奴，日日养狗。也许是受了宫刑的缘故，他的声音不似男性粗犷，也不似女子娇柔，甚是特别，又擅舞，通晓音律。没过多久，便被汉武帝刘彻赏识，地位也有所不同。

这一日，在平阳公主的安排下，李延年在御前轻唱新谱的曲

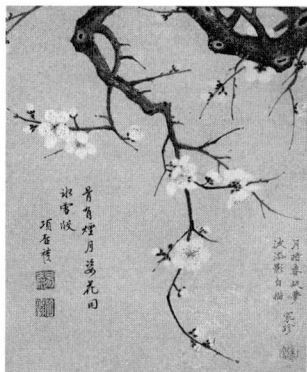

子，此曲婉转动听，词中所唱的"倾城佳人"不是别人，正是他的亲妹妹。 这正是一场精心谋划的美人局。平阳公主为了稳定自己的地位，已经不是第一次给刘彻献美人。曾经，有个叫卫子夫的女人也是这样被平阳公主推入宫廷。

今日，轮到了李家。

李延年唱完一曲，刘彻忍不住感叹："世上真有这样的美人吗？"

平阳公主含笑道："李延年的妹妹便是如此。"

闻言，刘彻立刻宣李氏入殿。

她一袭舞衣缓缓走进殿中，丝竹声响起，李延年再唱《佳人曲》，她随着歌曲翩然起舞，绝世独立，倾国倾城，果真是曲中所唱的佳人。

刘彻对李氏可谓一见钟情，这种钟情是完全被她的美貌所倾倒，从此，心中再容不下其他女子。

他带她入宫，封她为夫人，仅仅是因为那副美貌的皮囊。想来也是可悲之事，以色侍人，终难长久，岁月如梭，女人最守不住的就是年轻时的美丽。当她有一日年老色衰，他还会爱她如初见吗？

她是刘彻最爱的女人，历史上没有留下名字，后人都称这个佳人为"李夫人"。

李夫人入宫后，享尽了一个男子对女子所有的宠爱，就连皇后卫子夫也不及她分毫。可她的心中没有半分喜乐，因为这条路从来都由不得她选择。

对于兄长来说，她不过是一颗精心雕琢的棋子，所有人都在用她换取自己想要的一切。

在那个冰冷的宫廷，她步步为营，拥有帝王的独宠，却也承受着众人的排挤。

或许，就是这样的环境，将她折腾得一病不起。

她累得，再也不能与那些宫人钩心斗角，其实，每日躺在病榻上，也是一种难得的自由，至少，她不必再理会那些是是非非。

可是，外面那些贪婪的人不会让她歇息，兄长还想从她这里得到些最后的利益。

她的日子已经所剩无几，陛下必定会来问她临终遗愿，到时候，她哪怕要天上的月亮，痴情的帝王也会摘给她。

李夫人真的不想在弥留之际，还为了兄弟，去和那男人索取官职、钱财。

病越来越重，屋内弥漫着浓浓的草药香，她让宫女拿来铜鉴，凝视着镜中憔悴的自己，流下悲伤的清泪。

病重之人，双眼空洞无神，头发干枯脱落，肤色暗淡蜡黄，如恶鬼一般丑陋。谁还会相信，她就是李延年口中唱的"北方佳人"。

这样的她，已经没有资格见陛下。

这日，刘彻来探望她。

李夫人把被子蒙在头上，虚弱地说："妾长期卧病，容颜憔悴，不可见陛下。只愿陛下能善待我的孩子与兄弟。"

句句都是为了孩子与兄弟，没有为自己求任何事。

这样的她，让刘彻很心疼："夫人病重或许难痊愈，不如让朕见一面再嘱托后事。"

李夫人伤感地叹气："妇人未曾梳妆，不可以见夫君。"

他依旧坚持要见她，甚至说若是见一面，便赏赐千金，授予她的兄弟官职。

这句话很诱人，若态度不坚定的人，很可能就动摇了。

那时候，李夫人的心也软了下来，她也想掀开被子，见一见魂牵梦萦的人。

也许，这就是最后一面。

可就在她准备掀开被子时，又想起自己的容貌。

若是他见了自己这副模样，必然会心生厌恶，到时候，兄弟的官职、家族的荣耀都荡然无存。

李夫人还是拒绝见他，她哽咽地说道："授不授官职都在于陛下，与见妾无关。"

寝殿内，陷入一片寂静，只有美人的抽泣声。

他悲伤地叹了口气，黯然离去。

她从被子的缝隙中目送着他的身影远去，泪水早已濡湿被褥。

刘彻走后，李夫人的姊妹不解地问："为何不见陛下嘱托兄弟之事？难道你痛恨陛下？"

李夫人摇摇头，脸颊滑过一行泪，无限哀愁。

她何尝不想见陛下，那可是她的夫君！可是，为了家族的命运，她只能不见。

她轻叹道："我不见陛下，正是为了能托付兄弟之事。陛下如此深情，正是因为我的容貌，若是他见到我此时颜色非故，必定会厌恶我，又怎么会记得怜悯任用我的兄弟呢！"

她以为刘彻宠爱她，是因为她的容貌，她怕色衰爱弛，爱懈恩断。

李夫人与卫子夫不同，她除了容貌，什么都没有。

她深知自己的兄弟早晚要出祸事，所以，为了至亲，她绝不能让刘彻见到自己苍白的病容。

细细想来，李夫人也着实可怜。她进宫、得宠都是兄长李延年与平阳公主一手安排，自己的命运从来由不得自己。

就连死之前，心心念念的也是家族的荣辱。

对于这段爱情，李夫人应该没有半分安全感。纵然皇帝爱她入骨，可她还是胆战心惊地度日。她以为他只爱自己的貌，却不知，日久自然生出了深情。

偌大的未央宫，两个人都是地位极高之人，明明深爱着彼此，却只能忍受着心里的相思，如仇人一般不相见，各自痛苦。

她到死也没有见刘彻，而刘彻也如她所愿，无时无刻不在牵挂着她。在刘彻的心里，李夫人依旧是初见时的倾国佳人，不曾改变。

那份思念伴随着她的病逝，越来越深。

多少个夜里，他在梦中见到她的舞姿，想靠近之时，却化为云烟。从梦中醒来，轻声唤着她的名字，再也无人回应。

他也寻了无数画师，让他们画下李夫人的容貌，可终究没人能画出她的神韵。

为见李夫人一面，他令方士开坛作法，要招来她的魂魄。方士无奈，只能从海外找来珍贵的奇石，请工匠雕刻成李夫人的模样，放在数层轻纱帷幕之中，点燃烛火，时隐时现的身影好像李夫人再世。

痴情的刘彻以为李夫人真的回来了，要走近细看时，那身影又慢慢离去。

回到寝宫中，他还沉浸在刚才的画面中。那夜，辗转难眠，他悲伤地写下：是邪？非邪？立而望之，偏何姗姗其来迟。

他还有许多话未曾告诉她，日复一日的相思情，如流水不绝。自她离世后，他便再也不会去往日的庭院，只怕触景生情，又想起旧日的美好，心中凄怆。

刘彻明白李夫人临终前心中所愿，他下令给李氏兄弟加官晋爵，恩宠不断。

渐渐地，李氏族人的心也开始膨胀。

世间之事瞬息万变，李夫人的这番苦心终究还是没有保住李家的地位。

多年后，其弟李季惑乱后宫，李延年连坐被诛。

生命的尽头，李延年也曾后悔当年的所作所为，若不是因为贪恋一时的荣华富贵，也不会将亲妹妹推到这冰冷的宫廷中。这些年，他只顾享乐，全然忘记了这份安乐背后所付出的艰辛。

其实，他本就是受过宫刑的恶人，罪该万死，苟活几年便忘了做人的本分，纵容亲人的过错，如今，也算是自作自受。

李氏一族的荣宠已然走向尽头。

征和三年，李广利投降匈奴。这一次，李家全族被诛，尽灭，不剩一人。

李家的人本就出身卑微，因为李夫人，偶得富贵，但终难成大器，没能保住李夫人换来的荣宠。

一直觉得时间绝对不会冲淡一切，刘彻对她的感情刻骨铭心，可是这并不意味着会为了她而负天下人。

李家的人投敌，犯的是十恶不赦的死罪。为君者，若姑息，就等于养奸。

当刘彻下旨之时，必然会想起昔日与李夫人的往事，心应该痛得滴血。

他终究还是负了她。

李夫人还是太感性，她不懂帝王的爱，自以为爱而不见便是相思，可真正的爱是：纵使岁月在她的脸上留下痕迹，他依然不离不弃。

几百年后，白居易凭着史书留下来的只字片语，写下《李夫人》，其中最后一句是："人非木石皆有情，不如不遇倾城色。"

人皆有情，还不如从来没有遇到过倾城的美人。没有初见，就没有想念，也不会有难以割舍的情缘。

北方有佳人，倾国、倾城，难再得，不如从没有得到过。

7.汉宫秋，佳人泪

【西汉】怨歌行——班婕妤

新裂齐纨素，皎洁如霜雪。

裁为合欢扇，团团似明月。

出入君怀袖，动摇微风发。

常恐秋节至，凉飙夺炎热。

弃捐箧笥中，恩情中道绝。

冷秋时节，枯叶缓缓飘落，刚沾了尘土，便被宫人小心拾起。皇上一向不喜瞧见这些悲凉的东西，他们必须赶在天亮前清扫干净。

月夜下，一个身着锦衣的女子走到殿门前，宫人提起灯笼一照，原来是那失宠已久的班婕妤。当年，她可是宠冠后宫，如今，容貌依旧，只是眼中却空洞无光，再看不见一丝灵气。

班婕妤静静地跪在殿前的石阶上，等待着皇上对她的最后审判。

几日前，许皇后在寝宫行巫蛊之术，事情败露后，未央宫内终日不得安宁。从黎明到黄昏，每一日都有宫女太监含冤而死。皇后被废居昭台宫，她失去了庇护，赵飞燕与赵合德姐妹二人便借机诬陷她为皇后同党，圣怒之下，她百口莫辩。

她的生死，全在皇上一念之间。

寒风吹进班婕妤单薄的衣衫，她的手脚冻得冰凉，却依旧一动不动。

不知过了多久，一抹玄色的身影停在她的身边，疲倦的声音缓缓响起："巫蛊之事，与你到底有无关系？"

说话之人，正是她深爱之人——当今皇上。

此时，班婕妤望着面前熟悉又陌生的人，眼中一片沉静。或许是内心无限的苍凉，或许是一种难得的云淡风轻，她从容不迫地说道："妾闻死生有命，富贵在天，修正尚未得福，为邪欲以何望？若使鬼神有知，岂有听信谗恶之理？倘若鬼神无知，则谗温又有何益？妾不但不敢为，也不屑为。"

她在赌，赌一个帝王对自己最后的怜悯与信任。若是赢，她生；若是输，她死。

曾经，他们也有过海誓山盟，虽不是日日笙歌，但形影不离。若没有赵飞燕与赵合德，或许此时她已身怀六甲。然而，所有的美好仿佛都在那两个女子进宫时戛然而止。

赵氏姐妹把那些原本属于她的美好都一点点夺走，她除了这个婕妤的身份，什么也没有剩下。

皇帝许是想起了当年的旧情，许是不忍再看见鲜血，总之，他选择相信她。

虽没有降罪，但也没多留。

他用冷漠告诉这个女人，他们之间从此再无瓜葛。一个帝王，一个婕妤，但不会再相见，也不会再有情。

望着那个薄情男子的背影，班婕妤知道自己赌赢了，可为何疼痛的心还是无处安放？

赢了又如何？不过是徒增伤痛。

多日后，班婕妤请旨入长信宫侍奉太后。离开他，便是成全自己。

从此，他拥美人在怀，她青灯为伴，各自安好。临走前，她回眸望向漆黑的宫殿，那里也曾燃过红烛、奏响琴曲，依稀记得他拥她入怀，在她的耳旁说着那些动人的情话。

当年，她被选入宫中，踏入未央宫的那一刻，她就知晓此生的命运早已注定，长夜漫漫，她只能远远地望着廊间烛火，等候着圣上的来到。

初见圣颜，她静静地弹着古琴，与他谈史论今，却从不干政。长乐未央，红袖添香，幸而有彼此相伴。那些年，三千宠爱在一身，从不知何为愁苦。听闻太后宗亲独揽朝政大权，她见圣上郁郁寡欢，便引经据典为他解开心结，日复一日，亦妻亦友。

她依稀记得那日，圣上在宫苑乘辇巡游，她身为婕妤，没有资格乘辇。不久之后，圣上命工匠制造了一辆较大的辇车，邀她同车共游。

她拒绝上辇，恭敬地说道："贤圣之君皆有名臣在侧，三代末主乃有嬖女。"

她自幼便看古时画卷，圣贤之君都有忠臣在侧，唯有夏桀、商纣、周幽王才与妃子同辇。她心性高洁，自然不愿做被万世唾骂的祸水。

经此一事，她成了太后口中的贤妃。长信宫中，她与圣上跪拜请安，太后对她大加赞赏："古有樊姬，今有班婕妤。"

樊姬，楚庄王的正宫夫人，相传楚庄王要从众多妃子中挑选一位正宫夫人，可嫔妃众多，一时间不知如何抉择。

于是，便让后宫嫔妃每人进献一物，若谁献的物品合他的心意，便被封为正宫。三日后，妃子们都精心备了礼，唯有樊姬两手空空。

正当嫔妃们嘲笑她时，樊姬解释道："大王乃一国之君，这些东西您并不需要，您需要的是一位正宫夫人，不就是臣妾吗？"

此言一出，楚庄王不禁细细端详她，发觉此人不仅美貌，而且聪慧过人。

樊姬就这样被立为正宫夫人，虽集万千宠爱于一身，却不忘时时进谏。

皇太后如此称赞班婕妤，将她与樊姬相提，让班婕妤成了后宫瞩目的焦点。那时的她太傻，沉迷在众人的赞赏中，却未留意枕边人的落寞。或许，她从不知他需要的到底是什么。

班婕妤也曾有过一个孩子，当她身怀六甲时，也曾心怀欢喜。可怎奈上天不肯垂怜，那孩子她终究没有留住，孩子来到人世间不久便夭折离去。

从此，圣上待她越来越冷漠，她整日地盼着，却再也等不来那熟悉的身影。

几月后，听闻圣上微服巡游，她心绪惆怅，不愿伴驾而行。若是那时她与圣上一同出游，赵飞燕与赵合德便不会出现在未央宫。

后来在宫宴上，班婕妤第一次见到赵飞燕，翩若惊鸿的舞姿，让圣上的目光无法离开一丝一毫，后宫粉黛俱不值圣上一顾。夜夜笙歌，醉生梦死，她才醒悟：原来，所爱之人要的不过一场风花雪月。

她从不后悔入长信宫侍奉太后，离开总比留下好。终究还是爱着他，因为有了爱，所以不愿看到他与别的女子欢好。红尘之事如此可笑，爱而不得，得到了又不知如何爱。

清冷的宫墙间回荡着凄切的哭喊，循着声音，她又来到了昭台宫。皇后披头散发地跪在地砖上，阴冷的大殿中连月光都不愿洒下零星半点。寒风袭来，班婕妤解开身上的寒衣为皇后披上，岁月漫长，她们还要在痛苦中煎熬许久。

她回到宫中，望着天边的孤星，只觉得心中除了思念再无其他。她静静地坐在铜鉴前，侍女为她散开青丝，洗尽铅华，虽不是倾国倾城，但美如碧玉。恍然，她想起自己也曾在梨花树下翩翩起舞，衣袂飘飘，步步生莲。如今，她仿若陷入泥潭的白茶花，无论如何挣扎，都无法摆脱这宿命的折磨。

月光如水，缓缓流入殿中，寂寥冷清。从始至终，她都不该爱上君王，经历一场本不属于自己的感情。深秋凄凉，她拿出木匣中被遗弃许久的团扇细细端详着……美人、团扇，形影相随，顾影自怜。

她提笔在绢上写下《怨歌行》："新裂齐纨素，皎洁如霜雪。裁为合欢扇，团团似明月。出入君怀袖，动摇微风发。常恐秋节至，凉飙夺炎热。弃捐箧笥中，恩情中道绝。"

句句咏扇，却又不离情。

何为情？情中有相思、有牵挂、有不舍。字里行间都是她心中的惆怅与孤寂。

白如雪的绢布裁成合欢扇，团扇如明月。月光似水，浸满了哀伤。

"出入君怀袖，动摇微风发。常恐秋节至，凉飙夺炎热。"

此扇时常被君握在手中，轻轻摇动，便有微风，可惜，秋日将至，凉爽终究要取代炎热。班婕妤的命运也如那团扇一般。

"弃捐箧笥中，恩情中道绝。"

这就是团扇的结局，最后要被收进匣子中。

她的命运与那团扇何其相似，从始至终，不过是别人手中的一物，终究难逃被遗忘的命运。

谁还会记得匣中的团扇？谁还会想起旧时的佳人？

这首诗，写尽了一个宫中女子的宿命，字里行间透着哀伤与无奈。可这诗中的伤情，又有谁知晓？

夜已尽，一抹微弱的红色照亮了还未苏醒的宫殿。冬日的暖阳却融化不了她的心，眼角滑过一滴冰凉的泪水，再聪慧的女子也难逃一个情字。

推开殿门，侍女仿佛知晓她一夜未眠，细心地为她更衣绾发、涂脂描黛，那些宫女眼中透露的目光是同情，她能看得清，只是不愿说破。本就是被遗忘之人，又何必虚假地活着，她是真真切切失宠的妃子。

她如往昔那般，一个台阶一个台阶地扫着落叶，听着远处的丝竹之声，她心中泛着无尽的苦楚。远处石阶上的身影多么熟悉，可惜他注视自己的目光再也不似从前温柔。多年以前，邀她同辇共游的少年天子已经不见，少年已老，美人迟暮，他们再也没有资格去回忆往事。他会不会也曾想起过自己，想起那段美好又安宁的时光？

《怨歌行》不知何时传遍了汉宫，可惜，凄婉的诗句再也唤不回圣上的爱怜。秋风又起，在一个清晨，她听到太后的哭泣声。宫中谣言四起：皇上死在了"温柔乡"中。

他就是这般不光彩地离去，留下千古骂名。一日之间，未央宫中已是白衣素缟。灵堂之上，烛火摇曳，不知该燃烧还是该熄灭。想起初见之时，彼此相视而笑，诗书相伴，无人不羡。若一切如最初该多好，江山、美人，他们携手共赏。

班婕妤跪在蒲垫上想了整整一夜，与其老死宫中，倒不如去山野间守护皇陵。当身后的宫门一扇扇关闭，她回望飞檐，只剩下哀伤。

最后的岁月，她只能与无数没有灵魂的兵俑相伴，没有喜，没有忧，平淡如流水。她依旧深爱着那个男子，从开始到结束，从未改变。蓦然回首，已不知何年何月何时，她的心已随着那段记忆而永远消失。

一个女人，此生，繁华过，萧瑟过，已足够。未央宫，再无班婕妤，伊人已经成为故事，被写进漫长的历史中……

8.与君生别离

【东汉】塘上行——甄宓

蒲生我池中，其叶何离离。傍能行仁义，莫若妾自知。

众口铄黄金，使君生别离。念君去我时，独愁常苦悲。

想见君颜色，感结伤心脾。念君常苦悲，夜夜不能寐。

莫以豪贤故，弃捐素所爱？莫以鱼肉贱，弃捐葱与薤？

莫以麻枲贱，弃捐菅与蒯？出亦复何苦，入亦复何愁。

边地多悲风，树木何翛翛！从君致独乐，延年寿千秋。

乱世风云，江山美人，孰轻孰重？

那一年，他们还相信蒲苇纫如丝，磐石无转移。只是，不知何时开始，一切竟输给了流言蜚语。从此，一人远赴征战，一人平静守候。爱他，如此简单、明了。

或许那个女子还在邺城，还在那个熟悉的地方，等着爱人。

即使，那个人永远不会回头。

这段往事原本就很凄凉，故事中分明是两个人，却好像又是一个人……

月光微凉，透过殿内的大门，跌碎了一地，原本清澈如水的眼眸在月色下覆上一层淡淡的忧伤。甄宓沉默地坐在殿内，仿若折了羽翼的雨燕，孤单绝望。

她凝视着那杯毒酒，嘴角露出一抹浅浅的微笑。如此离去，甚好。

依稀记得九岁那年，家中来了相士，宓儿倚在梨花树旁读着古书，那相士见了她便道："此女贵不可言。"那些江湖术士的话自然不可信，她只当那是奉承之语，并未放在心上。

甄宓身为县令之女，自幼便识字断文，看得懂过去的成败得失。这般的女子，注定将拥有不平凡的一生。

她是被父母细心呵护的明珠，没有沾染一丝俗气，一颦一笑都能扣动人的心弦。真正的美人，不需要诗句来修辞，哪怕只微微颔首，便能让人此生难忘。巧的是，这般的妙人竟不知自己的美。爱美人，爱的不只是容貌，更爱她的美而不自知。

江南有二乔，河北甄宓俏，她的名字早已成为乱世中的一部分。试问乱世中的各路英豪，谁不想得到这样的美人？

世上之人只知她的美，却不懂她的心。恰恰这般高高在上的人最是孤独，她没有自由，无法走出庭院，去听风看雨。她的世界，除了亲人，便是诗书。

那年午后，暖风携着一缕花香袭进甄府，留下残香满园。家中又来了客人，她放下手上的诗书，跟着侍女匆匆赶到前堂，隔着屏风见了袁熙，亲事便在旁人的欢笑中定下。

红装花嫁固然美好，却又有几人向往？她仔仔细细地看着镜中的自己，秀眉、朱唇、玉指，哪一处不是倾国倾城？她早已看透了命运，这样的一张皮囊注定要颠沛流离。

盖头悄然掀开，她看见的是夫君，心中却泛着迷茫。婚后不久，邺城失守，袁熙又远在幽州。一时之间，硝烟弥漫，她第一次感觉到战争的残忍。多少夜晚，她被哀号声惊醒，仅仅是一墙之隔，墙外刀光血雨，墙内太平盛世。这种平静只是暂时的，曹军将袁府围了几天几夜，袁家上下度日如年，不知何时便有一把刀落下。

终于，紧闭的府门被将士推开，她与家人蓬头垢面地跪在地上，她情愿这样被斩杀，亦不愿被人践踏。本该一死了之，却不承想曹丕拯救了她静如死水的心。他亲自为她绾起青丝，轻轻地擦拭着她的脸颊。甄宓在他的温情中迷失，那一刻，她以为自己遇到了此生挚爱。

他们携手看过绿柳垂堤，走过繁花似锦，她漫步在这既陌生又熟悉的邺城，欣赏着曾经错过的风景。那段时光，正是甄宓一生中最为风华鼎盛的时光，在风云动荡的年代，他们青梅煮酒论诗书。

此时的甄宓不会去思考往后的风雨，心中想着的、爱着的，仅仅是眼前人。可像曹丕这样的男子不可能永远伴着她一人，他终究要为了天下离去，而甄宓性格与世无争，只能选择留在邺城。

十里长亭，望着曹丕远去的身影，她的心越来越痛，却不肯挽留。男儿志在四方，她拦不住，又不愿跟随。隔阂就是在不断的矛盾中产生的，一人往前走，一人停在原地不动，孰对孰错，一时之间很难辨得清。

相隔千里，他换了枕边人，妒忌甄宓的姬妾编造流言让他们之间起了隔阂，她选择了沉默，他选择了相信。

空荡荡的宫殿中只剩下甄宓与一双乖巧的儿女。贵为皇后如何？倾国倾城又如何？她还是失去了夫君。甄宓自幼熟读史书，自然明白历代后宫的女人是如何争宠，她不愿放下姿态去争权力地位。

她宁可独居邺城，守着初见时的美好。令他们疏离的又何止是流言，最可怕的是红尘中那颗已不再为她而悸动的心。十里桃花，建安年间那个风采卓绝，值得她低眉顺目的少年已不复淹留。

她驻足、侧视，却难寻那巧笑倩兮；她转身、远望，已不见那美目盼兮。无数个寂静的夜晚，甄宓独自坐在凄凉的大殿内，那是曹子桓赐予她的宫殿，奢华无比，可是却冷冷清清，连灰尘都不愿停留。

她的眼睛，不再浅笑盈盈，而是惶然孤寂。什么样的绝望，才能把这样一个坚强的女子逼到绝路？无端机缘，大概坚强得太久，也就脆弱。

走着熟悉的路，想着熟悉的人，此时的她是年近四十的女人，美貌已经被岁月无情地带走。即使曾将她捧在手心去宠爱，与她朝夕相伴生儿育女过的那个男人也不愿再去多看她一眼，她怎能不伤感？两番嫁人，却无良配。

终于，一个夜晚，她提笔写下《塘上行》："蒲生我池中，其叶何离离。傍能行仁义，莫若妾自知。众口铄黄金，使君生别离。念君去我时，独愁常苦悲。想见君颜色，感结伤心脾。念君常苦悲，夜夜不能寐。莫以豪贤故，弃捐素所爱？莫以鱼肉贱，弃捐葱与薤？莫以麻枲贱，弃捐菅与蒯？出亦复何苦，入亦复何愁。边地多悲风，树木何翛翛！从君致独乐，延年寿千秋。"

这首诗将她心中的愁苦娓娓道出：

蒲草生长在池塘中，它的叶子繁荣而茂密。正如你的宽厚，即使不说我也知晓。所有人都在出言伤我，让你渐渐离我而去。每当想到你弃我离去之时，我就只能独自惆怅悲伤。想见你现在的样子，强烈的思念使心中郁结。思念着你，时常悲苦，夜夜难以入眠。莫要因为豪贤，就丢弃曾经的爱。莫要因为鱼肉，就不要葱与薤。莫要因为拥有的麻多了，就弃捐菅与蒯。出门便觉得苦涩，进门便觉得忧愁。边地时常会有寒风吹起，这风声更是凄凉，风吹树叶的声音更是让人心碎。愿你从心所愿独自快乐，益寿延年活下去。

从君致独乐，延年寿千秋。这最后一句是对他的祝福，好生讽刺的祝福语。从今往后，他万万岁地活着，再也与她无关，爱情就这样走向了末路。

诗句悲伤又无奈，字里行间写满了她这些年心里的苦，一个被遗忘的女人，能做什么？唯有顾影自怜，写下这儿女情长的诗篇。

本想将这首诗与往常诗一起焚毁，不在这世间留下一点印记。可最后，甄宓还是犹豫了，她命令信使将这首诗送往都城。

寄信与等信时的心情最为复杂，凭着还残存着的一丝信念，渴望着夫君迷途知返，回到最初的地方。

可她不知，此时，宫中已谣言四起，众人怀疑甄宓的一双儿女并非她与曹丕所生，圣怒之下，曹丕派遣使者前往甄宓独居的邺城旧宫，逼她服下了毒酒。她的诗文没有挽回曹丕的心，反而将自己推入深渊。等了一日又一日，等来的却是一纸死令。

或许死，真的是一种解脱。

黎明时分，她缓缓咽下酒中的苦涩，了断了这一世的哀愁。时光仿佛回到了初见时，一个英雄，一个美人，他为她绾起千万烦恼丝，为她遮风挡雨。

"众口铄黄金，使君生别离。"她喃喃着这句诗，任凭泪水濡湿衣衫。原来自己竟是这样离去，被流言夺取了一切。

她不知道那个男人也曾后悔，派人追回送酒的信使，可为时已晚。

昏暗的灵堂内沉静得没有声响，烛火微微晃动，一片沉寂深重。那年的晚风吹落无数梨花，她终究没有等来他。不知过了多久，久到邺城里再也没有人记起他们的故事……

9.敢为天下先

【唐】如意娘——武则天

看朱成碧思纷纷，憔悴支离为忆君。

不信比来长下泪，开箱验取石榴裙。

武则天的故事总被后人搬上荧屏。在男权社会，女子不过是权力的陪衬品，每个君王身旁都有一个倾国佳人，陪他上演着数不尽的爱恨情仇，再由史官的笔写出，就全然是另一种味道。比如周幽王与褒姒、纣王与妲己、赵飞燕与汉成帝，无论过程如何，结果似乎都一样，所有的罪都落到了红颜祸水的身上，让她们百口莫辩。

这不公平，是时候该有人站出来，撼动天下。于是，武媚娘来了，为这盛世大唐添上一笔浓浓的朱砂墨。

她的出身并不卑微，父亲是大唐的开国功臣，政绩赫赫，母亲杨氏乃隋朝宰相杨达之女。将门无犬女，或许就是家庭的熏陶，才让她拥有治国之才。

未入宫之前，她也是个平凡的女子，喜欢诗书，喜欢对镜理云鬓，喜欢扮成男子偷偷去看花灯。她时常会听父亲提起当今圣上的故事，四方征战，玄武之变，虽然，她未曾经历过，心却为之澎湃。

十四岁那年，她入宫为唐太宗李世民的才人，太宗赐号武媚。单凭一个"媚"字，就足以判定她是个千娇百媚的才女。

太宗的后宫有太多的美人，对于他来说，一个不谙世事的小姑娘并不能让他心动。太宗仅仅是欣赏媚娘的才华，想将她留在身边，愿她有朝一日能成为利剑，为他所用。

那年，太宗得了一匹良驹，名叫狮子骢，烈性难驯。于是下令，若有人驯服，必有重赏。武媚得知此事，自荐道："我能驯服，请皇上赐三物，铁鞭、铁锤、匕首。"

她的驯马方式很简单：用铁鞭打它；不服，就用铁锤接着锤；还不服，则用匕首杀了它。

众人闻言，皆惊。想不到，一个柔弱的小女子竟有这般决断无情的心，让人如何不心生畏惧？许是察觉到这女子身上的戾气，驯马一事过后，太宗对她渐渐疏远。

敏锐的媚娘也察觉到这一点，她隐藏起身上的傲气，用柔情的一面伪装自己，小心翼翼地行事为人。即便这样，也没能让她再次晋封，她依旧是个小小的才人。

太宗一日日垂老，太子迟早要继承大统，若她想长久地待在宫中，便要依靠李治。于是，她开始制造与李治的偶遇，想方设法地在李治心中种下一颗爱情的种子。

那时候太宗重病卧榻，她在身旁服侍，借此机会，她能时时见到太子李治，两人年龄相仿，正是青春好年华，自然心中生出情愫。只是碍于宫规，爱情的种子不敢萌芽，只能藏在李治的心底。

公元649年，太宗驾崩，武媚娘与其他没有子嗣的嫔妃一起入感业寺，削发为尼。感业寺是唐代禁苑内的皇家寺庙，依山傍水，是极为清净优雅之地。若是修佛之人，必定会愿在此参悟佛法。然而，武媚娘并非佛门中人，她此时才二十六岁，红尘未断，凡心未了，如何能甘心日日面壁诵经？

　　她的心定不下来，无时无刻不渴望着外面繁华的世界。她以为李治忙于政务，忘记来找她，便默默地等待，却始终不见他的身影。

　　在感业寺煎熬了四年，度日如年，她不甘心继续等下去，想尝试主动与宫中联络。

　　她需要写一封信，信上不需要太多的话语，但要打动人心，勾起旧日的情。

　　武媚娘展开宣纸，提笔写下这首《如意娘》：看朱成碧思纷纷，憔悴支离为忆君。不信比来长下泪，开箱验取石榴裙。

　　最能打动人的不是泪水，而是饱含深情的文字。

　　"看朱成碧"是指她魂不守舍，时常将红色看成绿色。

　　在唐代，皇帝穿黄色的龙袍，三品以上官员服紫，四品五品服绯，六品七品服绿，八品九品服青。

　　绿色是卑微的象征，在诗人眼中，所有的红都是绿，也可以理解为，她此时的身份大不如从前，在她眼中，一切都是卑微的，包括她自己。

　　佳人为何如此憔悴？还不是因为思念，思念着远方的人。她小心谨慎地用了"忆君"二字，没有具体提到"君"的姓名，即便这首诗传到了别人手中，也不会怀疑是写给李治的诗，毕竟，她曾是太宗的武才人，人们先入为主，只会想到她思念的人是太宗。

　　最后两句才是全诗的关键，不信比来长下泪，开箱验取石榴裙，写出了她的委屈与无奈。

　　她是在对他说：倘若你不信我因为思念而流泪，你可以开箱看看石榴裙上的泪痕。

细细品味这句话，着实佩服武媚娘的才华。石榴裙，是唐代女子最爱的一款服饰，裙子色如石榴之红，穿着雍容华贵，宛如绽放的石榴花。武媚娘出家为尼，穿的是素衣，却时常会打开箱子，对着往日的石榴裙落泪，可见她怀念着宫廷的生活。

这首诗极为巧妙，将一个女子的忧愁、相思缓缓道出。男子若读了，只想将她速速带回身旁，哪里舍得让她对着石榴裙落泪？

历史记载这首诗是写给唐高宗李治的，由此可见，这首诗成功地传到了李治手中，或许就是因为这首诗，李治才想起了感业寺中的武媚娘。

李治为祭奠李世民忌日而入感业寺进香，趁此机会，与武媚娘相见。二人久别重逢，武媚娘展现出女子柔弱的一面，她的眼泪瞬间就让李治心碎。

不过，武媚娘之所以能重返宫廷，并不是李治一人的安排。失宠多年的王皇后早知他们的关系匪浅，便请求李治，将武则天纳入宫中，李治当即应允。王皇后并非贤惠大度，她只是想借着武媚娘打击萧淑妃，却不承想武媚娘入宫后，一步步取代了她皇后的地位。

李治不顾世俗言语，将她从寺院中带出，给她权力，任由她手握朱笔，批阅奏章。这不是爱情又是什么？因为爱，几乎将半壁江山都给了她。

可是，重回宫廷的武媚娘再也不似当年单纯柔弱，她如同涅槃重生的凤凰，清楚地知道自己想要的不是简单的恩宠，她要至高无上的权力。

武则天留下四十余篇诗，唯有这首《如意娘》关乎相思，其他的诗，都是在写盛世风光，无关情爱。也就是说，在走出感业寺后，她的心中便没了情爱，有的只是谋略。她日日陪伴在李治身旁，为他生儿育女，却没半分的情。

多么可悲，李治爱上了一个只爱权力的女子。为了让她欢喜，他只有将权力慢慢地给她。先是废王皇后，立武媚娘为后，又让她入朝堂议政。

几十年后，李治重病驾崩，他临终的遗诏是：太子李显于枢前即位，军国大事有不能裁决者，由天后（武则天）决定。

这江山是他送给她最后的礼物，也是最后的恩宠。他知道，她会喜欢。她手中拥有军国大权，便不会有大臣再为难于她，他也可以安心离开尘世，了无牵挂。

武媚娘当了七年的皇太后，便自立为帝，在封建的男权社会，开启了自己的红装时代。她一生杀了太多的人，其中，包括她的亲人。她未曾后悔，却始终内心孤寂。

爱她之人已不在身旁，她已到垂暮之年，再也不能指点江山。她最终将大唐江山还给了李氏家族，自己住进了上阳宫仙居殿，在那里度过了最后的时光。

她回忆起往事，才发觉与李治携手治理天下才是最美好的时光。不知何时起，他的柔情关爱早已刻在了她的心中。恍然醒悟，原来她一直爱着他。可惜，意识到这一点时，一切都太晚了。

不久，武媚娘病逝于上阳宫。她的遗诏省去帝号，称"则天大圣皇后"，生命的尽头，她不想称自己为皇帝，只想做李治的皇后，与他合葬在乾陵。

她留下一块无字碑，千古功过让后人评说。可后世的那些史官岂能放过她？宋朝欧阳修编纂的《新唐书》说她是乱臣贼子，杀君篡国。盗而有之者，莫大之罪也。五代时期的《旧唐书》直接称她为奸人妒妇，牝鸡司晨。

所以说，史书是男人写的，寥寥几句话，便能让人背负千古骂名。她与其他帝王一样，有过，亦有功；无情，亦有爱。

她是帝王，也是女子。她是爱李治的，至少，在写下这首《如意娘》时，她用了感情。倘若真的无情无爱，怎么会写出那么情真意切的思念？爱在那时候就已经开始萌芽，只是，她未曾发觉而已。

骄傲的女子通常不愿承认爱情，她们认为只要有能力，即便没有爱，依旧可以活得完美无瑕。当遇上爱情，也会刻意地逃避，并不是没有勇气面对爱，而是不知自己已经爱上。

爱情啊，千年以来，都未曾改变过。

10.此情绵绵无绝期

【唐】清平调·其一——李白

云想衣裳花想容，春风拂槛露华浓。

若非群玉山头见，会向瑶台月下逢。

历史上，李白作《清平调》时，地点是在兴庆宫沉香亭上。沉香亭又称"凉殿"，顾名思义，整座宫殿都是用沉香木建成，古朴雅致，夏日炎热，此处专用于消暑纳凉。

这是皇上与贵妃极爱的地方，他们时常会在这里饮酒欢笑，沉醉在花香之中，将烦恼忘却。

这日，李隆基邀杨玉环在沉香亭中饮酒赏牡丹，美人微醉，面颊泛着红晕，宛若误入凡尘的花神。

李隆基忽然起了兴致，宣李白入宫作诗助兴。

相传那日李白借着酒力，呼来喝去，让宦官高力士为他脱靴，又让杨贵妃为他磨墨。

如此放肆之举，并未引来贵妃的不满，倒是将李白的傲气展现得淋漓尽致。

不过，传说终究是传说，也只能当作茶余饭后的笑谈，不足为信。

传说虽然有虚，但写诗却是真。

李白挥笔成诗，写下《清平乐》三首。

其一

云想衣裳花想容，春风拂槛露华浓。

若非群玉山头见，会向瑶台月下逢。

她的衣裳是云霞织成，容貌如花。春风拂过，被露珠润泽过的花儿更艳丽。如此国色天香的美人若不在群玉山头，那必定只有瑶台月下，才能相见。

其二

一枝红艳露凝香，云雨巫山枉断肠。

借问汉宫谁得似，可怜飞燕倚新妆。

花不只有貌，还有香，美人亦是如此。红艳凝香，美得天然纯粹。楚襄王曾为巫山神女而相思断肠，可那神女哪里比得上贵妃的美？那汉宫中的赵飞燕，也要日日梳妆，而杨贵妃不施脂粉便能艳压群芳。

美人都是比出来的，李白笔下的杨玉环可谓天生丽质，如沾着露珠的牡丹，娇艳中透着一丝慵懒，美得精致从容。

其三

名花倾国两相欢，长得君王带笑看。

解释春风无限恨，沉香亭北倚阑干。

最后一首，是写帝王对她的宠爱。

名花牡丹，倾国美人，多情君王，三者融在一起，只愿沉醉在这样的温柔乡中。沉香亭北，美人倚在栏杆上，静静地赏花，目光柔情似水，回眸一笑百媚生。

让人嫉妒的不只是她倾城的容貌，还有帝王对她的宠爱，杨玉环的出现让后宫的女子瞬间失了颜色。

名花倾国，长伴帝王怀，谁能不羡慕这样的女子？

三首诗，写人亦写花，花如人，人如花，仿佛那倾国倾城的杨玉环便是沉香亭旁盛开的牡丹化身，雍容华贵，花间美人。

李白这样高傲的人若不想写诗，哪怕是威逼利诱，也绝对不会写。除非，贵妃的美貌真的让他心中一动。他写了三首，每一首都将杨玉环的容貌写到了极致，后世再没人能超越。

这三首《清平乐》成功地讨得了美人的欢心，杨贵妃亲自拿来七宝杯，为李白斟满美酒。

沉香亭内，弥漫着淡淡的花香，乐师李龟年轻声歌咏，梨园弟子伴奏，灯火交错，钟鼓齐鸣，好一番盛世之景。

谁能想到，这样安详的日子已经走向尽头。

一场安史之乱如决堤的洪水，将盛世无情地淹没。

江山、美人，顷刻之间化为乌有。

那年，安禄山起兵叛乱，唐宫中人心惶惶，恐惧与不安充斥着这座宫廷。梨园已经许久无人弹奏乐曲，旧日的欢笑声也消失不见。

宫里的人依旧忙忙碌碌，只是他们也不知自己在忙碌些什么。叛军的剑直指长安，每个人心里都清楚大唐要走向灭亡，只是无人说破，所有人都在回避，连皇上都是如此。

叛军越来越近，李隆基只能带着杨玉环，离开长安城，逃往巴蜀。

玉环以为自己是在逃生，没承想却是送死。

马嵬驿成了她的坟墓。

那日，她如往常一样在颠簸的马车中醒来，睁开眼，看见的第一个人便是她的三郎。纵使外面刀光剑影，她也觉得心安。

马车停在了马嵬驿，六军不发，杨玉环隐隐觉得有大事发生，询问了宫人，她才知道以陈玄礼为首的军士乱刀杀死杨国忠，又逼迫皇上赐死她。

杨玉环痛苦地闭上双眼，默默地祈祷着自己的结局。她相信李隆基对自己的爱，她的三郎舍不得让她离去。

然而，她还是太傻，傻到去相信一个帝王。

最是无情帝王家，她忘了，三千宠爱在一身，就意味着李隆基必须负一些人，他能负梅妃，亦能负杨玉环。

李隆基虽不忍杀玉环，可他清楚若杨玉环不死，那么死的人就可能是他。

为了天下，为了自己，他必须赐死杨玉环。

一个帝王，在江山与美人之间，终究还是选了江山。什么天长地久，什么执子之手，此时，都化为乌有。

在那些将士眼中，她是祸国殃民的妖妃，他们把所有的罪安在了一个手无缚鸡之力的女子身上，她连辩解的机会也没有。

她什么也没做，什么也没说，却成了千古罪人。

夜深之时，宫人拿着一条白绫走到杨玉环面前。

玉环抬起手，颤抖地抚摩着那条柔软的长绸，眼中浸着哀伤。

她想不到自己的结局竟是这般凄凉，她爱他入骨，他却要赐死她。

还记得那年，他不顾纲常伦理，纳她入宫，亲谱《霓裳羽衣曲》，乐工演奏，她跳着胡旋舞，轻盈似雪，多少人为之着迷。

他缓缓走到她身旁，在她的发髻上插上一根金钗，柔声道："朕得杨贵妃，如得至宝也。"

她娇羞地低下头，轻唤一声："三郎。"

从此之后，杨家得势，其兄长姊妹皆有封号，杨氏家族，仿佛一夜之间，就成了飞上枝头的凤凰，他们日日沉浸在美酒乐曲中，享受着大唐的繁华。

李隆基为了讨美人一笑，派人从千里之外运带着露水的新鲜荔枝入宫，就连喝的酒也是用高山上的清晨甘露酿造而成的。

天真的她被眼前的奢侈蒙住了双眼，她以为这就是爱情。

源于物质的爱情，本就无法长久。

她与李隆基发生过数次矛盾，皆是因为天子生性风流。玉环也会像寻常人家的小女子一样吃醋胡闹，结果，被他一气之下撵回杨家。可她走了不过几个时辰，他便思念不已，派人将她接回宫。

无论怎样争吵，至少她都知道，他是爱自己的。

只要爱在，就无所畏惧。

可今时今日，当宫人把白绫递到她手上时，爱还剩多少？或者，那份爱根本没有存在过。

他迷恋的不过是她的花容月貌，但一副漂亮的皮囊和万里江山相比，孰轻孰重？

曾经的美好一刹那破碎，梦彻底醒来。

她再也不奢望他的爱与怜悯，因为绝望已经占满了她的世界。

恍惚间，她又想起李白为自己写的那首诗。云想衣裳花想容，多美的句子，美好的回忆，缥缈又不真实。

她的美会被世人记下，但她的恨又有几人知？

那个时代，女子能做的事情本就不多，她没有机会将自己的委屈说给旁人听，甚至没有资格在临死前见李隆基一面。

一条白绫，自缢在佛堂前的梨树下，芳魂永逝。

若是可以重来，她宁愿穷苦一生，也不愿遇见他。

当战乱过后，一切尘埃落定，战争的苦难也渐渐被人忘记。

李隆基回到了旧日的皇宫，面对着熟悉的寝殿、梨园、琵琶，又思念起故人。

物是人非，他们都回不去了。

他依旧是天子，可除了江山，他还有什么？

爱他的人早不在人世，以后的岁月，他只能活在悔恨中，如坠入深渊的人，茫然又恐惧。

李隆基也曾派人去寻找过杨玉环的遗体，但那里已是一片废墟，无人寻到。

她死了，被自己爱的人，赐死在马嵬驿。

云想衣裳花想容，这世上再没有人能配得上这句话。

史书都是男人写的，亡国几乎都与女子有关，于是，便有了"红颜祸水"，可这太不公平，她们不过是男人用来堵住悠悠之口的棋子，她们的命运从来由不得自己。

再看《清平乐》，华丽的辞藻中透着一丝莫名的哀愁，花虽美，可终有开败的时候。

红颜薄命，她的命运就如沉香亭外的牡丹一般，被无情人折下，呵护着，等到失去价值时，便被丢弃到尘土中。

11.何必珍珠慰寂寥

【唐】谢赐珍珠——梅妃

柳叶双眉久不描，残妆和泪污红绡。

长门自是无梳洗，何必珍珠慰寂寥。

后宫女子永远少不了争风吃醋的剧情，哪怕是杨玉环这样的绝代佳人，也会为了争一个男子而露出刻薄丑恶的嘴脸。

如果说杨玉环是华清池旁雍容华贵的牡丹，那么江采萍便是上阳宫中傲霜怒雪的寒梅。江采萍对于那个奢靡的皇宫来说，是一个格格不入的女子，她的一举一动都不怎么讨人喜欢。

梅妃，论才貌，绝不输给杨玉环。自幼聪颖，十四岁便能吟诗作赋。此时，江采萍的父亲似乎也看出了自己的女儿过人之处，便用心栽培。

她爱梅成痴，父亲四处寻梅，在家中种满梅树，寒冬时节，凌寒独自开。渐渐地，江采萍的性格也如那梅花一般，清高孤僻。用流行些的话来说，就是冰山美人。

邻里间的人望着那处隐于梅林的宅子，忍不住感叹："不知哪个男子能有福气娶到江家的千金，若能娶此女子为妻，真乃幸事也！"

时常会有年轻人慕名而来，只求能与佳人成就一桩好姻缘。但是，心气高傲的江采萍怎愿嫁给平民？父亲一心将她培养成人中之凤，她日后的夫君必定要是人中之龙，方能配得上她的才华。

于是，她入了宫，她的夫君不是文官，也不是武将，而是大唐的帝王。

自李隆基深爱的武惠妃过世后，太监高力士便亲自到民间，为皇上挑选美人。路经闽地，闻得梅妃之才情，深知此女非凡，便将她送入长安。

她是自愿进宫，没有任何人强迫她，她凭着一股傲气，觉得自己的容貌、才华会永远留住帝王的心。

江采萍来自民间，不喜浓妆艳抹，总是淡妆素衣，举手投足间不亢不卑。这样的她宛若空谷中的山泉，缓缓流入李隆基的心。

皇宫中到处都弥漫着浓厚的胭脂气，忽然飘来一缕梅香，瞬间沁人心脾。李隆基对江采萍甚是宠爱，因她喜爱梅花便封她为梅妃，还为她建造梅阁、梅亭，在宫殿周围都种上梅树，让空气中时刻充满着梅香，让她抬眼便能望见最爱的梅花。

花开之时，梅妃会身着红衣在林中舞蹈，衣袂飘飘，惊艳了岁月。李隆基痴迷地望着梅花中的身影，翩若惊鸿，婉若游龙，这哪里还是凡人，简直就是"梅精"。

许多宫人都觉得皇上不会再爱上其他女子，后宫有梅妃一人便足矣。

然而，爱真的很难做到专一。人从一出生就在不断地换新，兴趣审美都会随着年龄增长而变化。晚霞很美，但夜空中的繁星也很美，不会有人执着地爱着晚霞，正如帝王不会永远宠爱一人。曾有人问，什么样的爱情最虚假？我想，大抵就是帝王的爱吧。

前一日，他还对你海誓山盟，可后一日，他便冷若冰霜。

梅妃自以为牢牢抓住了李隆基的心，可她并不知道，帝王心最难测。她毕竟来自民间，心思单纯，不懂后宫的规则。后宫从来都是只见新人笑，不闻旧人哭，梅妃失宠是注定的事情。

那年，一个叫杨玉环的女人打碎了梅妃的梦。水与火不相容，杨玉环也容不下梅妃，两人明争暗斗过很长一段时间，最后，梅妃败了，失去了往日的恩宠与权力。

比起凌寒独自开的红梅，男人更爱触手可得的牡丹。即使这样，梅妃也不恨李隆基，她只是将一切的错归到了杨玉环的身上，固执地认为是杨玉环迷惑君王，并非李隆基不爱她。

那年，长安初雪，梅花绽放。杨玉环恰好不在宫中，李隆基望见枝头的红梅，想起冷宫中的梅妃，立刻命人去请梅妃。二人许久未见，寒冬之时能在此相见，心头顿时想起往事，绵绵情意温暖了冬日的风雪。

这件事情不知是谁告诉了杨玉环，正在梅妃与李隆基重温旧情时，杨玉环忽然回宫。李隆基生怕惹恼了杨玉环，慌张地将梅妃藏到了屋内的夹墙里，这一举动实在让梅妃觉得厌恶，她又不是见不得人，为何要这般躲避杨贵妃？

一怒之下，梅妃让太监将自己送回宫。她知道李隆基已经将自己彻底抛弃，两人再也回不到从前。但她对李隆基的爱还未消散，她以为只要自己等着，总会等到他回心转意。

失宠时，她最先感受到的不是长门寂寥，而是世态炎凉。那些曾经与她交好的宫人，此刻都急着去给杨贵妃献上新鲜的荔枝。梅阁失去了往日的繁华，此刻只剩下冷清。

即便再孤傲清冷的人，也有脆弱的一面。守着空荡荡的梅林，不食人间烟火的梅妃也伤感地流下泪水。

她效仿汉代皇后陈阿娇千金买赋，赠高力士千金，让他去民间找文人写赋，高力士忌惮杨贵妃权势，便想方设法地推辞。梅妃万般无奈之下，便提起笔，为自己作《楼东赋》：

"玉鉴尘生，凤奁香殄。懒蝉鬓之巧梳，闲缕衣之轻绿。苦寂寞于蕙宫，但凝思乎兰殿。信摽落之梅花，隔长门而不见。况乃花心扬恨，柳眼弄愁。暖风习习，春鸟啾啾。楼上黄昏兮，听风吹而回首；碧云日暮兮，对素月而凝眸。温泉不到，忆拾翠之旧游；长门深闭，嗟青鸾之信修。

"忆昔太液清波，水光荡浮，笙歌赏宴，陪从宸旒。奏舞鸾之妙曲，乘画鹢之仙舟。君情缱绻，深叙绸缪。誓山海而常在，似日月而无休。

"奈何嫉色庸庸，妒气冲冲。夺我之爱幸，斥我乎幽宫。思旧欢之莫得，想梦著乎朦胧。度花朝与月夕，羞懒对乎春风。欲相如之奏赋，奈世才之不工。属悉吟之未尽，已响动乎疏钟。空长叹而掩袂，踌躇步于楼东。"

之后，她派人将《楼东赋》与白玉笛一并送给李隆基。李隆基读着她写下的文字，一时心生愧疚，自知负了梅妃的真情，正要去寻她，又被杨玉环阻拦。杨玉环看见《楼东赋》，自然不悦，请李隆基速速赐死梅妃。

虽然人喜新厌旧，但人也念旧。李隆基终究没有忍心赐死梅妃，只是，为了不让杨玉环伤心，此后也不会再见梅妃。

旧情难忘，李隆基担忧梅妃在宫中受委屈，便将一斛珍珠赐给梅妃，以此安慰她的心。可是，价值连城的珍珠在梅妃眼中，也不过是尘土，还不及她宫中的梅花珍贵。

这一刻，她彻底地清醒，李隆基已经不再爱她，如果还有情，也只是同情。

梅妃没有收下珍珠，冷漠地回诗一首《谢赐珍珠》："柳叶双眉久不描，残妆和泪污红绡；长门自是无梳洗，何必珍珠慰寂寥。"

她已经许久不画柳叶眉，面上的残妆和浊泪濡湿了红衣。她多日不曾梳洗打扮，这样的她，何必用一斛珍珠来安慰？

梅妃从来不需要钱财，只需要李隆基的心。珍珠无情，怎么可能抚平她的伤口？既然情已经不在，又何必想起她这个可怜人？

其实，像李隆基这种喜欢敷衍的男子实在太多，他们总以为惹怒了美人，只需要送些珠宝首饰，便可重获芳心。殊不知物质上的满足，会渐渐带来精神上的空虚。繁华与美好，需要与人共享才有趣。如果没有爱人的关怀，那些金银珠宝毫无用处。

江山只有一个，可美人却是千千万。她的伤口，难愈；她的恨，难平。别怪她不再相信爱情，可能她的心已经千疮百孔。

安史之乱爆发，至德元年六月十三日，黎明之时，李隆基携杨玉环及其亲信从延秋门出逃，赴蜀避难。

那日，没有人知道皇上离开了，他走得无声无息，当冷宫中的梅妃得知他不在皇宫时，已经是数日后的事情。

那个曾经爱过她的男子，带着另一个女子逃走，把她留在满是腥风血雨的长安城，她只能独坐空庭，等待着死亡。

叛军的铁骑攻破长安，梅妃与那些宫人一同死于乱刀之下，鲜红的血溅在了梅树上，染红了上阳宫的石阶。红颜薄命，她死时无助又凄凉，甚至来不及去恨李隆基，生命便戛然而止。

当战乱平定，李隆基回到长安，此时，他失去了杨玉环，才想起留在宫中的梅妃。他派人寻找梅妃的下落，最后，宫人在梅树下发现了一具身着红绡衣的尸体，尸体上满是刀痕与焦土。宫人们缓缓跪下，无人不为这个可怜的女子垂泪。

李隆基下令将她厚葬，并在陵墓旁种上她生前最爱的梅树，亲手为她写下祭文。他终于为她做了些事情，可惜，她永远不可能知道了。

不过，知道了又如何？李隆基的所作所为，不过是因为心中的愧疚，再无爱情。

关于历史上是否真的有梅妃，始终存在争议，《旧唐书》《新唐书》《资治通鉴》都没有记载。鲁迅认为，从《梅妃传》跋文分析的话，是南北宋人伪作，梅妃是虚构人物。

但即便没有梅妃，或许却有一个兰妃、竹妃……她是一个清高孤傲的女子，来自民间，被李隆基宠爱过，可那零星的宠爱都被杨玉环夺走，最终她成了上阳宫中孤寂的白发人。

后宫佳丽三千人，三千宠爱在一身。除了杨玉环，其他的女子只能独守空殿。并没有真正的冷宫，哪个女子受了冷落，那座宫殿自然而然成了冷宫。

12.半生缘，长门怨

【唐】妾薄命——李白

汉帝重阿娇，贮之黄金屋。

咳唾落九天，随风生珠玉。

宠极爱还歇，妒深情却疏。

长门一步地，不肯暂回车。

雨落不上天，水覆难再收。

君情与妾意，各自东西流。

昔日芙蓉花，今成断根草。

以色事他人，能得几时好？

　　汉帝重阿娇，第一句便知故事的主角是陈阿娇，其母是馆陶公主，外祖母是权倾朝野的窦太后，舅舅是汉景帝，她一出生便集万千宠爱于一身。阿娇，如此娇贵的名字，注定了不凡的一生。

　　这首《妾薄命》讲述了陈阿娇从得宠到失宠的经历。对于她来说，与汉武帝刘彻的柔情时光比梦还短暂，刘彻太残忍，残忍到狡兔死走狗烹，不给她留半分希望。

　　刘彻初遇阿娇时，她是侯门贵女，他是宫中皇子，她如明珠般耀眼，他如尘埃般落寞。刘彻当时年仅四岁，并非太子，生母王娡长期受太子刘荣之母栗姬的欺凌，无奈人微言轻，只能在宫中隐忍度日。

　　那年，馆陶公主问刘彻："你可愿娶阿娇为妻？"

　　刘彻牵着阿娇的手，信誓旦旦地说："若能娶阿娇为妻，我便为她造一座金屋子。"

　　汉帝重阿娇，贮之黄金屋。四岁的孩子，目光清澈，心思单纯，并不知道何为妻子，只觉得阿娇乖巧可爱，只想将最贵重的

金子送给她。

一句童言，孩子之间并不觉得有多重要，可在长辈的眼中，这句话分量太重，甚至可以决定整个天下的命运。

馆陶公主见刘彻如此回答，便下定决心要让这个孩子继承大统。其实，馆陶公主最初并不想将阿娇嫁给刘彻，她一心想将女儿许配给太子刘荣，可栗姬骄纵高傲，冷漠地拒绝了这桩亲事。馆陶怀恨在心，便将心思转到了刘彻身上，成就了刘彻的人生。

其实，倘若栗姬为人谦和，汉景帝也不至于废长立幼。景帝体弱多病，想把已封王的皇子托付给栗姬，可栗姬不肯答应，惹得景帝心生厌恶，不愿再见她一面。后来，馆陶日日在景帝面前诋毁栗姬，夸赞王娡母子，馆陶与景帝本为姐弟，情深义重，立储之事自然要与馆陶商议。最终，太子刘荣被废，七岁的刘彻被立为太子。

若没有馆陶公主，也不会有日后的汉武帝。小时候的一句诺言，长大后自然要兑现，刘彻娶阿娇为妻，让她做自己唯一的皇后。

李白用"咳唾落九天，随风生珠玉"来描写陈阿娇尊贵的地位，她吐一口唾沫，也会随风化为玉珠，她就是刘彻的全部，二人互相扶持，谁也离不开谁。

刘彻继位后，时常惹恼窦太后，窦太后几次生出废帝的想法，阿娇总会撒娇劝说："我只要阿彻，若您废了他，我该如何活？"窦太后宠爱阿娇，也就不再为难刘彻。

阿娇无时无刻不在维护着刘彻，他既是帝王，也是她的夫君。她爱上了那个许下金屋承诺的少年，天真地以为这就是爱情，如此痴情，如此执着。

与心爱之人携手守护着江山，多么美好的故事？倘若故事到这里便结束该多好，她依旧是那个风姿绰约的陈皇后，而他也是从一而终的帝王，可历史总是残忍的，帝王美人终究还是要走向陌路。

刘彻觉得她变了，变得善妒，不似当年纯真可爱。其实，阿娇从未变过，只是男人的心变了。

他在平阳公主府遇上了卫子夫，当时，卫子夫仅是公主府中的歌女，凭一曲轻歌，俘获了帝王的心。卫子夫年轻貌美，谦卑体贴，她比阿娇多了一丝女子的柔弱，让刘彻生出了保护欲。

只见新人笑，不闻旧人哭。自从卫子夫入宫后，陈阿娇便独守着椒房殿，日复一日，总也不见刘彻的辇车为她停留。她的泪已流干，心中的爱化为了恨。

听闻卫子夫怀有身孕，无子嗣的陈阿娇心生妒意，欲抓捕卫子夫的弟弟卫青，以此威胁卫子夫，可最终卫青被人所救，计划没能成功，卫子夫产下公主，荣宠更胜从前。

此时，刘彻已经彻底将陈阿娇遗忘，窦太后过世，他独掌大权，陈阿娇与馆陶公主再也没有利用的价值。这对母女成就了他的帝位，这是他不肯接受的事实。陈阿娇的存在，只会让刘彻想起那些不堪回首的卑微往事。

他早已不是当年那个扬言要金屋藏娇的少年，如今的他，眼中不再清澈，他变得如此强大，又如此无情。面对如此负心薄情的人，陈阿娇不只伤心，更多的还是失望。

人们觉得陈阿娇善妒，所以才不得君心。"宠极爱还歇，妒深情却疏。"连李白都这么觉得，由于她嫉妒成性，被汉武帝渐渐疏远。身为一个女子，如果连嫉妒这种最基础的情绪都没有，那么只能说明一点，她不爱这个男子。阿娇嫉妒，是因为她爱，爱到走火入魔。

为了挽回刘彻的心，她听信鬼神之说，在宫中施巫术媚道，迷惑君王。虽小心谨慎，可还是被人发觉。那个时代，巫蛊之术便是皇宫中最大的禁忌，任何人也不可触犯。此案牵连甚广，巫者楚服被腰斩于市，诛杀者三百余人。

许是念在当年之情，刘彻没有立刻降罪于陈阿娇。他不愿让天下人以为自己是负心人，可也不愿轻易放过陈阿娇。

同年秋七月乙巳日，刘彻赐陈阿娇一道策书："皇后失序，惑于巫祝，不可以承天命。其上玺绶，罢退居长门宫。"

她居皇后之位十一年，一道策书，便将她废黜，一夜之间，所有的荣宠与权力化为乌有。其实，陈阿娇自知后位不保，色衰爱弛，即便没有巫蛊之术，她也会被废黜。

馆陶公主听闻阿娇被废，多次入宫请罪。曾经权倾一时的长公主，此时放下高傲的姿态，只为给女儿求一条生路。刘彻仅是安慰说，虽废黜皇后，但仍会按照法度优待，居住长门宫与居住在未央宫并无区别。

轻描淡写的一句话，便将阿娇送入了那凄冷的长门宫。她的确受人优待，只是再无当年的荣宠。一个自幼骄傲的女子，并不怕挫折，只怕地位动摇，让阿娇迁居长门，这等于在精神上杀了她。

长门宫原是馆陶公主的私家园林，后来又献给刘彻做祭祀时休憩的宫殿。祭祀之地大都荒无人烟，可见长门宫地处偏远，一旦入宫，便再无可能见到刘彻。这里虽不是冷宫，可与冷宫也没什么区别。

或许，刘彻祭祀时，也曾路过长门宫。不过，他并没有进去探望故人。长门一步地，不肯暂回车。纵然仅有一步之遥，他也不肯停留，如此决绝，不给她一丝希望。

覆水难收，一切已经成定局。雨落不上天，水覆难再收。两个人渐行渐远，再也无法回到当年。

独居长门宫时，阿娇也曾回想往事。昔日，如芙蓉花般娇贵；如今，却如断根草般不幸。这些年，她怨过、恨过，为了这段爱情，折腾得筋疲力尽，差点命丧黄泉，可最后她又得到了什么呢？她得到的仅是旁人的嘲笑与讥讽。

多年后，馆陶公主过世，阿娇的两位兄长也相继自杀，她成了无家的孤单人，无人敬她，无人爱她。

《妾薄命》写了陈阿娇的一生，也总结了一句道理：以色事他人，能得几时好？

以美色来侍奉他人，这样的日子终究无法长久。当一个女子年老色衰，还会有几人怜惜她？真正吸引别人的永远不会是年轻貌美的皮囊，而是皮囊下充满内涵的灵魂。

阿娇出身高贵，自然也是通晓诗书，她的灵魂也曾如雪莲般纯洁，只可惜，刘彻不爱她，让她的灵魂渐渐走向黑暗。爱情可以成就一个人，也会毁灭一个人，他们之间错误的爱情成就了刘彻的千秋功业，也让陈阿娇沦为千古怨妇。

李白并非第一次写陈阿娇，他曾写过《长门怨》："天回北斗挂西楼，金屋无人萤火流。月光欲到长门殿，别作深宫一段愁。桂殿长愁不记春，黄金四屋起秋尘。夜悬明镜青天上，独照长门宫里人。"

千年前的金屋中早已无人，那位皇后独居在长门宫，孤寂一生，无儿无女，最终凄凉去世。她到死也未能见到刘彻一面，此生此世，情断义绝。

相传，陈阿娇曾用九千万钱治疗不孕之症，可见她还是对生活抱着一丝希望，无奈终究没能治愈。一颗火热的心，终究敌不过负心人的冷漠。

最是无情帝王家，或许，陈阿娇也曾后悔当年听信了刘彻的童言，只是，当爱上之后，即便后悔，也不懂迷途知返。

爱不应如此残忍，我所认为的爱情，应该是像爱尔兰诗人叶芝所写的那般："多少人爱过你昙花一现的身影，爱过你的美貌，以虚伪或真情，唯独一人曾爱你那朝圣者的心，爱你哀戚的脸上岁月的留痕。"

13.三十六宫秋夜长

【唐】汉宫曲——徐凝

水色帘前流玉霜，赵家飞燕侍昭阳。

掌中舞罢箫声绝，三十六宫秋夜长。

一首《汉宫曲》，多少宫人泪。

诗人徐凝身在唐朝，却要写汉代的故事，汉代的美人何其多，他偏偏写一个饱受后世怒骂的女子——赵飞燕。

这首诗就是关于她的故事，掌中舞、魅惑君王、陷害嫔妃，宫斗剧中的情节，她几乎演了一遍。

如果班婕妤是秋后团扇，那么赵飞燕便是掌中朱砂。她是王朝的牺牲品，为了自保，一次又一次在满是荆棘的汉宫中挣扎求生，哪怕到最后遍体鳞伤，也要让世人记住她的名字。

入宫就是一场赌局，哪怕是祸水，也难逃宿命。

两千年前，一个婴儿的啼哭划破了夜的宁静。然而，这个孩子的出生并没有给贫寒的赵家带来半分喜悦。

或许因为是女婴，父母不愿养她，将她无情地丢弃在野外，任由其自生自灭。

让人惊奇的是被抛弃的婴儿生命力极顽强，三日都没有死，似乎注定将拥有不平凡的一生。孩子的哭声唤醒了父母心中未泯的人性，他们又将她抱回家中养大成人。

随着女孩一日日地成长，父母在她的身上看到了价值。

碧玉年华，便已是窈窕佳人，目若秋水。

在那个时代，平民家的女子目不识丁，及笄后也就嫁人了。

可是稍有姿色的女子却不同，她们的命运将与宫廷牢牢地纠缠在一起。

赵家有女初长成，出落得亭亭玉立，一颦一笑，都牵动着旁人的心。

父母把她送进阳阿公主府，她在公主府的身份极为特殊，不是奴婢，不是舞姬，每日有专门的宫人教她歌舞、礼仪。所有人待她都小心翼翼，他们都清楚她最终会成为陛下的女人，身份尊贵，怠慢不得。

阳阿公主精心调教的美人自然是婀娜多姿，妩媚风流。她的舞姿宛若梁上飞燕一般轻盈，步步生莲，因此，得名"飞燕"。

明知是棋子，却无法与命运抗衡。像赵飞燕这样养在公主府的良家女子有许多，明明有着一颗向往自由的心，却自始至终都被埋藏于黑暗之处，见不得光。

鸿嘉三年，汉成帝微服出游，来到阳阿公主府小憩。

阳阿公主知道自己的机会来了，养兵千日用兵一时，她等这一刻已经许久。

安排了数名容貌出众的良家女服侍君王，其中便有赵飞燕。

美人如云，汉成帝一眼便看中了她。

她从骨子里就散发着娇媚，帝王迷上了她轻盈的舞姿、楚楚动人的目光，以及那悄悄探出衣袖的兰花玉指。

这一桥段有没有似曾相识？细细想来，卫子夫、李夫人都是在公主府与帝王初见，这应该是汉代的公主为了维护自己的地位，常用的美人计。

赵飞燕不负阳阿公主所望，入宫后，对成帝若即若离，一连三次拒绝成帝的召幸，成功激起了一个帝王的占有欲。

从此之后，长醉不醒，难舍美人榻。

许是担忧自己的地位不稳，赵飞燕又让自己的妹妹赵合德入宫。两位赵婕妤权倾后宫，令君王神魂颠倒，再离不开姐妹二人。

二人在宫中的处境看似美好，实则步步危机。由于出身卑微，赵氏姐妹始终低人一等，除了成帝的宠爱，她们什么也没有。

世人都觉得她们是红颜祸水，倘若有一日成帝驾崩，她们的结局怕是会和戚夫人一般，沦为人彘。

危机感无时无刻不在压迫着赵飞燕，为了活下去，她只能做恶人。

赵飞燕告发许皇后等人用巫蛊之术诅咒后宫女子，此案让后宫诸多嫔妃蒙受不白之冤。那段日子，后宫夜夜都有啼哭声，时常会有宫人无缘无故地消失。

许皇后被废，班婕妤受冷落，后宫之中再也没有人让赵飞燕忌惮。

成帝立赵飞燕为皇后，封赵合德为昭仪，赵氏一族也不再是平民，皆被封官封侯。

如果入宫是一场赌局，那么赵飞燕便是最大的赢家，她赢得了权力、地位。

然而，成帝对她的宠爱早已不如从前，那个男人更爱她的妹妹赵合德。

合德美得更加妖娆，她懂得欲擒故纵，将成帝视为婴儿，玩弄于股掌之中。

对此，赵飞燕的态度是视而不见。爱情都是自私的，若她真的爱成帝，必定会想尽办法重新得到他的爱，可她什么也没做，因为，她根本就不爱成帝。既然不爱，又何苦与自己妹妹去争呢！

多少个夜晚，赵飞燕只能独自抱怨着命运的不公，从进入阳阿公主府时，她对刘氏家族就产生了仇恨，阳阿公主没有给过她选择，陛下也没有给过她自由。

比起爱情，赵飞燕越来越贪恋权力，只有把权力牢牢地握在手中，才会觉得安心。

相传，赵飞燕为了保持体态轻盈、容颜不老，长年使用息肌丸。虽然保住了容貌体态，可无法怀子。

没有子嗣，就意味着权力不稳。她不会让自己好不容易得来的权力一点点流失，于是，赵飞燕开始拉拢人脉，结识成帝的侄子刘欣，并把刘欣视为养子。

后来，在赵飞燕、赵合德的举荐下，成帝立刘欣为太子。

赵飞燕悬着的心终于落了地，她如往常一样独自坐在寝宫中，望着合德所住的昭阳宫夜夜笙歌，心中竟没有半分嫉妒。

一日清晨，太监慌慌张张地跪在赵飞燕面前，面色如纸。

她一问才知，成帝暴毙于赵合德的榻上。

帝王死得太突然，赵合德自然脱不了干系。朝堂上，大臣们开始借机上奏，怒骂赵氏姐妹祸国殃民。后宫中，太后王氏咄咄逼人，质问赵合德成帝的起居之事。

这又是一场困局，一个不小心，姐妹二人便会万劫不复。

赵合德为了不连累家族，在寝殿中自尽，她的死换来了赵飞燕一时的安稳。

成帝驾崩，刘欣身为太子，顺理成章地登上了皇位。

刘欣继位后，赵飞燕被尊为皇太后，地位比从前更显赫。纵然赵氏一族遭到大臣弹劾，她的地位也无人能撼动。

她曾经所做的那些令人发指的事情，没有人敢再追究。

成王败寇，如果刘欣没有英年早逝，或许赵飞燕依旧是人生的赢家。

可惜，刘欣终究没能护住赵飞燕一世平安，他在位仅七年便崩逝。失去帝王的庇佑，赵飞燕仿佛置身于囚笼中的困兽，所有的挣扎都是徒劳，只能默默地等待着死亡。

不久后，王莽挟太皇太后王氏下诏，将赵飞燕贬为庶人，送去皇陵了此残生。

一道诏书，将这个曾经手握大权的女人赶出皇宫。

从此，汉宫中再无赵飞燕。

她的骄傲与自尊，不允许自己如此失败地离开。对于这个宫廷，她本没有多少感情，自己的所作所为不过是为了生存。

如今，她失去了最爱的权力，心中燃着的那团火也瞬间熄灭。这样落寞的她，何苦去为一个不爱的男人守陵？

这一日，她选择了自杀。

她叫赵飞燕，这个世界她曾来过，经历过，狠毒过，后悔过，却从没有爱过。

《汉宫曲》看似在写赵飞燕，实则借古讽今，透着徐凝对唐宫中女子的怜悯。

秋夜漫漫，皎洁的月光洒在宫墙上，笙箫齐奏，皇上最宠爱的女子跳起掌中舞，身影如飞燕般纤细动人。

关于掌中舞还有一段典故，汉成帝与赵飞燕泛舟赏景，乐师吹笙，赵飞燕在舟上翩翩起舞。忽然，一阵狂风袭来，赵飞燕身子不稳，清瘦的美人险些被风吹倒，好在乐师及时抓住她的两脚，赵飞燕没有丝毫慌乱，淡定地在乐师的掌心接着跳舞。

汉成帝又专为她造了水晶盘，叫宫女双手托盘，赵飞燕在盘上迎风而舞，飘逸的身影如误入凡尘的仙子。

如此美貌的女子，让宫中的女子觉得秋夜更漫长。

一人得宠，各宫悲凉。

许皇后、班婕妤，还有许多没有留下名字的女子，她们只能顾影自怜，夜夜独守冷宫。最后的岁月，只能在宫中熬过漫长的四季。

大唐的后宫又何尝不是这样的景象，帝王的爱短暂又凉薄，没有一生一代一双人，只有无数次的临幸、抛弃、怜悯。

全诗没有褒贬之意，用词通俗，平易的诗句中带着惋惜之情，可见诗人的良苦用心，他希望那些红颜能读懂这首诗，可以在漫无尽头的等待中醒悟。

这是一首实实在在给当时女子读的诗，一入宫门，终身凄苦，何苦还要执迷不悟？

这些入宫的女子哪个不是才华横溢？原本可以独立快乐地活

着，却偏偏要为了一个男人争得头破血流，可怜又可恨。

若要认清爱情，先要认清自己，再去思考值不值得、重不重要。

14.红豆相思入骨情

【唐】相思——王维

红豆生南国，春来发几枝。

愿君多采撷，此物最相思。

许多人都知道这首诗的名字叫《相思》，却少有人知道它另一个诗名。

此诗又作《江上赠李龟年》，并非写给女子，而是写给友人。

李龟年，大唐乐工，身为梨园弟子，深受唐玄宗李隆基的恩宠。

安史之乱爆发，烽火蔓延至每一处角落，玄宗不知归处，万家流离，官员逃窜，当年的太平盛世已然不见。

此时春风和煦，万物却已失了生机。安禄山攻陷长安，昨日还繁花似锦，今日却是断壁残垣。王维如同许多官员一样被捕，他从未想过半官半隐的仕途上竟会遭遇此等大事。他不争不贪，并不代表所有人如此，朝堂之上难保人人忠心。注定的战乱是逃不过的，他早该想到会有这样的结果。

摆在他面前的无非两条路，要么生，要么死。在生与死的抉择上，所有的诗书史籍如同虚无，丝毫帮不上他。生便要屈辱地活着，在黑暗中漫无止境地行走。若是死，或许能保住一时名

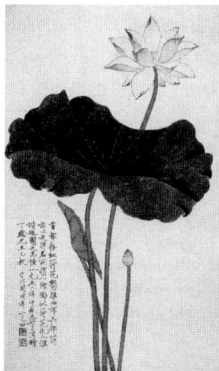

节，可他却永远看不到盛世再来的那一日。

最终，他选择活着，留在庙堂之中做伪官。他受尽了世人的冷眼、同僚的误解，卧薪尝胆数年，已是面目憔悴，鬓满霜。遥想当年远离世俗的生活，内心不禁羡慕不已。长安城何时才能万家灯火阑珊？

王维如同傀儡一般活在这场争斗中，没有希望，毫无生机。直到那日，他看着院中结着的红豆，苍老的目光中透露出一抹光亮。自己并没有失去全部，他还有朋友。即便全天下的人都误解他，至少还有知己懂他。

谁把相思寄红豆？王维并非唯一把红豆写进诗里的人，但他把相思之情诉说得最清楚。这小小的红豆生于南国，冬去春来不过结下几枚，只愿君能轻轻地把它采下，那里面是满满的相思。

红豆，自古以来都被当作寄托相思之物。关于它的故事有太多太多了，那些故事感人至深，无论结局如何，过程总是最刻骨铭心的。

但凡美好的事物，都伴有一段传说，更何况是红豆这般寓意非凡之物。

相传，古时有位将军出征，妻子思君心切，倚于树下祈祷，日日哭泣。泪水流干后，流出的便是鲜红的血滴。血滴落到地上，化为红豆，生根发芽，春去秋来，那结出的红豆慢慢变成了心形种子——相思豆。

无论这故事真实与否，只愿那女子最终可以等到丈夫归家，否则就太辜负那些凝聚着无限爱意的相思血泪了。

红豆生南国，如今的李龟年定是流落江南。此物最相思，君心知不知？他的无奈恐怕只有那人才知！短短四句，却为天下诗人道出牵挂。他期盼远在千里之外的那人能多多采撷，奈何天下战乱，哪里还能看到红豆花开？

此时的江南，没有烟柳花巷，没有画舫青衣，没有清歌漫谈，一切早已乱得一塌糊涂。一个男子走在江边，飘零了不知多久，他忘记了自己曾是大唐的宫廷乐工。如今的李龟年孤身一人，无琴无箫，纵然是仰天悲歌，也不会有人多看他一眼。

当年盛世霓裳舞，玄宗谱曲，贵妃语笑嫣然，真实又缥缈。如今，李龟年只能在梦中回忆往事，梦醒之时，已泪流满面。那般美好的红尘时光，一去不返，物是人非折磨得他毫无傲骨可言。

远方的友人寄来信笺，四行小诗，句句相思入骨。国已不国，何谈家？路漫漫兮归途远，李龟年走在那条无尽又黑暗的道路上，不知去往何处。那首诗是他的司南，指引着他的方向。

乱世之中，他该何去何从？这场仗打了整整七年，到处都弥漫着痛苦。为了躲避战乱，太多人背井离乡，从北向南，一路飘零。

庆幸的是在这条逃亡的路上，偶尔能遇到知己。

这一年，李龟年遇到了杜甫。这场相遇太过突然，落花时节，人烟稀少的江南古巷里，两个饱经风霜的人擦肩而过，不知是谁先认出了对方，停下了脚步，轻声唤着他的名字。

两人在长安有过几面之缘，旧时相识，久别重逢，自然要大醉一场。只有醉，才能让他们暂时忘却战争的痛苦，重回旧日的时光。

那夜，李龟年弹奏着琴曲，唤起无数回忆。当年杜甫也曾是侯门王府的宾客，夜宴上，有幸听过李龟年的演奏，如今，依旧是熟悉的曲调，只是他们都成了无家可归的人。

杜甫伤感地写下这首《江南逢李龟年》：岐王宅里寻常见，崔九堂前几度闻。正是江南好风景，落花时节又逢君。

一个诗人、一个乐师，他们在江南最美的时节相逢，可心中全然没有半分喜悦。山河破碎，即便故人相逢，也是满心悲伤。

他们沉醉在浓烈的酒香中，宁愿一直麻木着，也不愿意醒来。苍凉的月光照在两人的脸颊上，似有泪水滑过……

清晨，他们各自远去，为了生存而生存，天涯海角，重逢之日遥遥无期。

李龟年又踏上远行的道路。可笑的是，他也不知自己的终点到底在哪里，只能走到哪里算哪里，直到战争结束为止。

可战争几时能结束？无数人问过这个问题，却没有答案。

他最终流落到湖南湘潭，宴会之上，他无心歌舞美酒，旁人邀他献艺，沉默良久后，他起身唱了那首《相思》。凄凄悲歌，诗中深意，无不让人感慨叹息。他们都是经历过盛世的人，战乱未息，只能苟且偷生。他们能真切地感受到这个动荡不安的年代带给李龟年的痛苦，以及来自远方的那份牵挂。他失去了家人，失去了金钱，好在没有失去朋友。

一曲过后，他又唱起王维的另一首诗《伊川歌》："清风明月苦相思，荡子从戎十载余。征人去日殷勤嘱，归燕来时数附书。"

又是相思二字，句句血泪，让人惆怅万千。那盛世的王朝已经一去不复返，那些倾城红装也被战火埋葬，那日时的好友不知去往何处。

曲终之时，他再也无力弹奏曲调，沉沉地晕倒过去。四日后，他苏醒过来，却毫无生的希望，名贵的药材医治不了一颗已经死了的心。最后，他抑郁而终，这或许是最好的结局了，只愿红豆把他的相思带到江南以南，带给那个懂他的人。

李龟年直到离世，也未见到天下太平。他带着遗憾离去，始终无法原谅这个时代。

战乱过后，王维位居尚书右丞之职。此时的他已然垂老，无心官场，一心向佛，于青灯古佛之下感悟天地。然而寂静之时，他也时常会想起那清歌曼音，相思如故。

无论是爱情还是友情，都经不起时间的打磨，若真的不想让那份感情流逝，请寄给那人几颗红豆，让他清楚这份相思来之不易。

关于红豆的故事，总会让人想到南梁武帝萧衍长子萧统（昭明太子）与慧如。

萧统是虔诚的信佛之人，在他还是太子的时候，曾代父出家，却不承想会经历一段苦涩的姻缘。

他于体察民情时与尼姑慧如相识，两人时常在草庵中谈古论今。若说是一见钟情，不如说是日久生情。初见时是爱慕，时间久了便是深情。两人情丝暗生，却始终没有勇气反抗世俗。

太子与尼姑之间隔着的不单单是身份地位，还有世俗的言论。其实两人如果自私一点，大可以一走了之，归隐山林，然而萧统身为皇子，生来背负着使命，他最后选择了离去。

慧如独自留在庵堂之中，相思成疾，抑郁而终。太子闻得此事，伤心不已。如果他猜到了这样的结局，还会不会狠心离开呢？他含泪种下双红豆，并将草庵题名红豆庵。

那棵树历经千年的风雨，曾一度衰败成枯，但到乾隆年间却萌生新枝，一直到今日，它依旧守候在庵前，相思不移，等卿归。

《红楼梦》中贾宝玉曾唱道："滴不尽相思血泪抛红豆，开不完春柳春花满画楼。"

这首红豆曲唱尽了世间的悲欢离合、爱恨情愁。黛玉与宝玉虽朝夕相对，可在那充满了黑暗的贾府中，有些事他们终究是做不了的，有些话也是说不出口的。即便两人不分离，也要饱受着相思之苦，这世上最纠结的事情莫过于此了。

其实相思豆和玉有着一样的意义，相当受古时女子喜爱，她们把红豆穿成手环，作为定情之物。婚后，夫妻枕中各放六枚红豆，象征夫妻同心，白头偕老。试想一下，若是现在男子求婚之时，递给女子的不是钻戒，而是一颗相思豆，该是多么富有诗意的场景？可偏偏这样的浪漫故事不会发生在现代，并非人变得越来越物质，而是男子通常不会花那么多心思去对待女子。她们不怕遇到贫穷，只怕遇上无心。

红豆对于有情人是缘，亦是劫。

15.不共楚王言

【唐】息夫人——王维

莫以今时宠，难忘旧日恩。

看花满眼泪，不共楚王言。

夜幕降临，宁王府中一盏盏灯笼亮起，照得如白昼一般。

宴席上，杯觥交错，文人雅士饮酒赋诗。

年仅二十岁的王维坐在人群中，默默饮酒，不言不语。

他及第之后，就被封为太乐丞，品级不高，却掌管宫廷宴乐。掌乐之官，任何一个宴席都少不了他，对于这种王孙贵族的夜宴，他早已麻木。

忽然，宴席上多了一个女子的身影，花容月貌，眉间却凝着一丝愁。

她缓缓走到宁王身旁，恭敬地行礼，坐到他身旁，神情依旧冷漠。

这时，宁王沉声问："你可还记得那个卖烧饼的男子？"

女子默然，眼中一片清冷。

关于这个女子的故事，王维也略有耳闻。

宁王府中姬妾如云，皆是绝色，即便如此，宁王还是不满足。一次偶遇，让宁王对烧饼摊主的妻子一见钟情。于是，宁王给了摊主钱财，打发摊主离开长安城。之后，宁王将摊主的妻子带入王府，对她宠爱有加，但她始终淡漠待人。

这桩事在长安城中已经不是秘密。有些人觉得宁王夺人之妻，非君子行径，也有人认为摊主贪婪自私，为了一点金银将结发妻子抛弃。人们只顾着谴责这两个男子，却忘记解救那个被困于王府的女子。

瞧见女子对宁王如此冷淡，宴席上的人开始议论纷纷。

宁王面色尴尬，为了显示自己的大度，命人将烧饼摊主带到府中，让两人见一面。

果然，女子见到了自己的夫君，千万情感涌上心头，泪如珠帘般落下。

美人落泪，让人心中忍不住生出怜惜，此番相逢情景，无人不感到凄异。

王维并不知道这个女子的名字，但她的经历，却让他想起了一个人——息夫人。

息夫人，陈国君主的女儿，后嫁给息国君主。

息侯曾经沉迷酒色，荒唐无道，息夫人嫁给息侯后，为了改变他，可谓煞费苦心。

一个女子让君主变残暴容易，可是让君主变仁慈却很难。

息夫人耐心辅佐，日日陪伴在身旁，息侯终于励精图治，在两人共同的努力下，息国日渐强盛。

她是息国最美的女子，面若桃花，容貌倾城，所以被人称为"桃花夫人"。她从没想过自己的美会成为一种罪，甚至挑起了两国之战。

那年，息夫人回家探亲，途经蔡国，探望自己的姐姐蔡侯夫人，却不料遭到姐夫蔡侯的调戏。

蔡侯如此无礼，息夫人回国后，将受到的委屈告诉了夫君。息侯听了此事后大怒，与楚文王密谋，出兵攻打蔡国，俘虏蔡侯。

蔡侯怀恨在心，设计报复。他知楚文王喜好女色，便在楚文王面前赞美息夫人的容貌。

楚文王听后，心中顿时倾慕，想一睹美人芳容。

于是，楚文王以巡游为名，来到息国。息侯设宴款待楚文王。宴席上，楚文王见到了息夫人，果真如蔡侯所说的那样美貌。

初见过后，再难忘记。

为了得到息夫人，楚文王设宴招待息侯。不过，这是一场鸿门宴。

酒过三巡后，楚文王乘机俘虏息侯，紧接着，又派兵攻打息国。国破之时，息夫人本想投井自杀，但遭到宫人劝阻。

他们都清楚，楚文王挑起这场战争，目的只有一个：得到息夫人。

倘若息夫人死，那么息侯的性命也保不住，甚至息国百姓也会遭到屠杀。

为了保全息侯，息夫人只能忍辱嫁给楚文王。

息夫人进入楚国三年，没有主动说过话。

她为楚文王生下两个孩子，楚堵敖和楚成王，可心从来没有在他的身上。

从离开息国，踏入楚国时，她的心就已经被封锁，她不接受楚文王对自己的柔情，拒绝他的爱意，她变得越来越冷淡，如行尸走肉一般。

楚文王问她缘故，息夫人淡淡地回答："我一个女子，嫁了两个夫君，即使不能死，又有什么话可说？"

在楚国，她没有家人，没有朋友，心中的苦闷能说给谁听？

息侯未死，她被逼嫁给楚文王，遭遇这样屈辱的事情，她本该一死了之，可偏偏她又不能死。

楚文王听了息夫人的话后，没有醒悟到自己的过错，反而认为一切都是蔡侯造成的，为了讨息夫人的欢心，他派兵灭蔡国。

直到生命尽头，息夫人也没原谅楚文王。她的一生都在苦闷中度过，不断地拒绝楚文王的爱，心中为息侯留着一方净土。

王维看到宁王府的女子，便想到了息夫人。同样的命运，只因容貌出众，就失去了自由，与爱人生生分别。

他心生感叹，提笔写下《息夫人》："莫以今时宠，难忘旧日恩。看花满眼泪，不共楚王言。"

"莫以今时宠，难忘旧日恩。"

这句是拟息夫人的口吻诉说：不要以为今时今日你对我的宠爱能让我忘记旧日的情，旧日的情难以忘记。

楚文王付出再多，也得不到息夫人的心，只因息夫人心中有一段刻骨的情，有一个难忘的人。这种旧情最是让人无法割舍，哪怕沧海桑田，也不会轻易改变。

她的心如此坚定，没有被甜言蜜语迷惑，没有被锦衣玉食收买。在乱世面前，她如此弱小，甚至提不起一把剑，她唯一能做的便是不改初心，将那段情藏于心中。

"看花满眼泪，不共楚王言。"

有些事情总是越想越伤心，望着开满枝头的花，没有半分喜悦，反而伤感落泪，和楚文王始终不说一句话。

在楚国皇宫，每个人似乎都带着笑容，只有息夫人，从未笑过。

越是伤感，越是压抑，她的痛苦无处宣泄，只能对着盛开的花流泪。

楚文王灭了息国，让她与夫君此生不能相见，她日日面对一个自己不爱的男子，心中满是悲愤与仇恨。

她所有的反抗都改不了现实，只能认命。

然而，她又是那么不甘心！唯一的反抗方式便是沉默，用沉默让他害怕，用冷漠告诉这个男人，她不爱他。

沉默是息夫人最后的抗争方式，她依旧那么温顺、美丽，只是，她不再说话了，仿佛失去灵魂，过着重复的生活，不言不语。

历史总是惊人相似，息夫人的经历又在这个女子身上重演。

这女子本该与夫君过着平淡的日子，可美好的梦境都被宁王打破。

宁王闯入她的生活，将她困在这个华丽的王府中，给了她绫罗绸缎、山珍海味，却不懂她的心。

或许，宁王真的爱她，只不过，爱的方式出了问题。

爱不是枷锁，不是夺取，爱是给予，爱是放手。

千年前，没有人救下息夫人。如今，王维写下这首诗，只想从宁王的手中救下这个可怜的女子。

宁王看见王维的诗后，细细思量，终于放了那个女子。

一首诗，救下的不只是她，还有她的夫君，还有宁王。

这段感情，如果宁王不放手，那么痛苦的是三个人。卖饼人思念着妻子，妻子难忘旧情，宁王得不到爱，无休无止。

没有人知道息夫人真正的结局，流传最广的版本是她与息侯撞死在城墙下。

相传，那日楚文王出城打猎，息夫人趁机出宫，与息侯私会。

两人许久不见，自然是有说不尽的相思情，她哭诉着："妾在楚宫，只为保全大王的性命，如今能见大王一面，心愿已了，死也瞑目。"

息侯叹道："苍天见怜，你我必有重聚之日，总能等到机会。"

闻言，息夫人心中没有燃起希望，反而更加悲痛。她清楚这不过是息侯安慰她的话，他们之间再无可能。

息夫人不愿回到皇宫，也不愿等下去，长久压抑的日子让她痛不欲生。

与其苟活，不如一死，此生再无牵挂。

于是，她凄然一笑，转身朝城墙撞去，息侯来不及阻拦，眼看着妻子死在自己面前。

息侯万念俱灰，也撞死在城墙下。

楚文王回城，得知此事，伤心又自责。这样的悲剧都是他一手造成的。一瞬间，他幡然醒悟，后悔自己的所作所为。

他命人将息侯与息夫人合葬在桃花山上，后人又在山上建祠，称为"桃花夫人庙"。

不过，这仅仅是一段传说。历史上，楚文王过世后，息夫人辅佐太子，招贤纳良，大胆改革，死后葬于桃花庙。

杜牧曾路过桃花庙，并题诗："细腰宫里露桃新，脉脉无言几度春。至竟息亡缘底事？可怜金谷坠楼人。"

唐代另一位诗人胡曾也有咏史诗曰："息亡身入楚王家，回看春风一面花。感旧不言常掩泪，只应翻恨有容华。"

往后的千百年，许多文人墨客都在桃花庙留下诗句。

她用沉默，抗争着强权，同时，也警醒后世，莫要贪图一时富贵，忘记昔日的贫贱之交。女人对待爱情永远是那么认真，只要爱上一个人，便是一生一世的事情。

或许，宁王就是为了不想让息侯与息夫人悲剧重演，才放了那对夫妻。

他的爱没有错，每个人都拥有爱的权利，只是他爱的方式错了。

好在他没有错到不可挽回的地步，他的放手，成全了别人，也成全了自己。

16.此艺知音自古难

【唐】别董大二首——高适

其一

千里黄云白日曛，北风吹雁雪纷纷。

莫愁前路无知己，天下谁人不识君？

其二

六翮飘飖私自怜，一离京洛十余年。

丈夫贫贱应未足，今日相逢无酒钱。

这不是关于高适的故事，但确是因为高适这两首流传千古的诗，让后人知道大唐还有一位出色的琴师。

绚丽的盛世，长安城中灯光通明，车如流水马如龙，人们如痴如醉地享受着繁华，尽情地歌舞、谈笑。红尘如此喧嚣，偏偏让人热爱，让人追寻。

沉浸在喜悦中的人，不会注意到长安城中还有一个落寞的乐师。

董庭兰，大唐乐师，此时，他与几名西域乐师坐在一起，吹奏筚篥。曲调时而高亢清脆，时而哀伤悲凉。

人们爱极了这西域传来的独特乐器，如此轻巧的物件，竟然能奏出圆润不断的曲调，音色浑厚，听着便觉得情绪激昂。

一曲罢，引得众人一阵喝彩。董庭兰没有多留，平静地起身，按着以往的习惯，行了礼，拿了赏钱，便退下。

夜越来越深，灯火渐渐熄灭，苍白的月光倾泻在长安街上，万物终于陷入寂静。董庭兰推开家门，随手将筚篥放到一旁，径直走到琴室，取出木匣中的古琴，指尖轻轻滑过琴弦，深沉的琴

音缓缓响起，余音悠远。

古琴，又名七弦琴。他少年不肯读书，便拜古琴大家陈怀谷为师，且青出于蓝而胜于蓝，当时，人人都称赞他的琴艺。但没过多久，爱琴之人便渐渐稀少。

唐玄宗与杨贵妃爱胡舞胡乐，痴恋筚篥，一时之间，大唐乐师都去钻研筚篥、胡曲，再无人欣赏古琴。

那些年，董庭兰固执地坚持弹奏古琴，四处流浪，只为找到一二知音。然而，现实却是再也没有王孙贵族请他入府弹奏，他身无分文，只能乞讨为生。

人总是在困境中，才能去改变自己，学会成长。

为了生存，他开始接触西域古曲，与西域乐师探讨技艺，他放下古琴，拿起筚篥，从市井到村庄，从教坊到茶楼，慢慢地，他悟出一个道理：无论是阳春白雪，还是下里巴人，只要有欣赏乐曲的人，乐曲本身便有了生命力。

于是，他来到了长安城，为文人雅士吹奏，成为名满长安的筚篥乐师。

虽然明白了艺术的真谛，可每当夜深人静之时，董庭兰还是忍不住拿出古琴，弹奏一曲。他内心深处渴望着寻找知音，这一点，从未变过。

这夜，他又拿出古琴，在家中琴室弹奏着《胡笳十八拍》。琴音一响，顿时，满心悲凉，思绪也飘去了远方……

那是汉朝末年，天下大乱，到处都是战乱，无论是百姓，还是贵族，都无处逃生。蔡文姬在躲避战乱时，被匈奴掳去塞外。

从此，在一望无际的大漠度过十二个春秋，她与左贤王生下两个孩子，心却时刻都在思念着故土。

后来，曹操平定中原，用重金将蔡文姬赎回，她不得不与亲生骨肉离别。还乡途中，蔡文姬心中纠结悲愤，思乡、离子，所有的痛苦折磨着这个女子。她含泪而作《胡笳十八拍》，这是她半生的不幸，亦是她一生的凄苦。

千百年后，董庭兰再弹此曲，心中何尝不是涌动着剪不断、理还乱的愁绪？他不能抛弃筚篥，又想遇到古琴知音，这份惆怅又有几人知晓？

一曲过后，他正要收起古琴，忽然听到叩门声，不大不小，清楚地传进他的耳中。

这么晚，不知是何人造访。他打开门，只见一个身着锦衣的人站在门外，身边还跟着仆人，看样子，此人来历不简单。

那人谦和地自报姓名：在下房琯。

董庭兰在长安多年，自然清楚房琯的官职，他退后几步，恭敬又小心地行礼，不敢怠慢。

房琯说明来意，深夜来此，只为听琴。

听琴？董庭兰微微愣住，长安城中竟然有人愿意听琴？惊喜来得太突然，他还没有做好准备，以至于那夜初见，他弹琴的手因为激动而颤抖，房琯没有责备，反而将董庭兰请入府中为门客。

因为爱琴，所以惜人，下朝后，房琯总会与他弹琴谱曲，珍惜有他的时光。

古有伯牙子期，今有房琯庭兰。两人一见如故，时常彻夜长谈，房琯也带他见了更多懂琴之人，其中便有高适。一时间，董庭兰觉得自己不再是孤独一人，这世上，还有那么多知己。

当指尖轻轻地拨弄琴弦，便觉心安，此生再也没有任何遗憾。

长安城依旧满是筚篥胡曲，但房琯给了董庭兰一处幽静之所抚琴，让他的心静下来，任凭外面风云变幻，这里始终如初。

安史之乱爆发，唐玄宗仓皇而逃，长安城被叛军占领。房琯深知此时乃天下兴亡之际，他官职虽低，却也应该陪伴君王。

这夜，他来到琴室，却没有进去，只是站在房门前，透过虚掩的门，静静地望着里面，一人一琴，多么美好的画面。若没有战乱，他可以这样守着他一世长安。

片刻后，他吩咐下人好生照顾董庭兰，转身离去。

房琯连夜骑马追赶，终于追上唐玄宗，唐玄宗感其忠心，当日便封他为宰相。

而此时，太子李亨在灵武即位称帝，唐玄宗被迫退位成太上皇。房琯一面护着董庭兰平安，一面带着传位诏书和玉玺赶到武灵，为李亨行册封礼。

新帝登基，朝中一片混乱，说错半句话便被革职。然而，房琯见了李亨后，慷慨直言，这份胆魄让李亨心生敬意，托以守护家国的重任。

房琯便上表皇帝，请求亲自率兵收复长安，可惜，唐军节节败退，伤亡惨重。

或许，是他太急于回长安，太思念故人，才会失去了理智，冲动地去打一场没有把握的仗。

一次次战败，一次次招兵，一次次战败，仿佛陷入了循环，他试图挣扎，怎奈越陷越深。朝中有人开始弹劾他，他并不在意，功名利禄原本就是过眼云烟，他称病开始不上朝，整日与一些名士谈佛论道，引来了更多人的非议。

终于，有人将矛头转到了董庭兰身上，开始弹劾董庭兰。房琯心中担忧，入朝自诉，这一举动让皇帝大怒，狠狠地将房琯斥退。

一个久不上朝的官员，竟然为了一个乐师御前求情，在旁人看来实在荒唐可笑。几日后，皇帝罢去房琯宰相之职，而董庭兰也受到牵连，离开长安。

董庭兰知道自己的存在，会让房琯饱受世人争议，他只能远离房琯，从此，各自安好。他在外漂泊了许久，过着清贫的日子，却始终没有再见房琯。

这年寒冬，董庭兰在睢阳遇到了高适。两个爱琴之人经历了战乱、离别，此刻相见，虽是短暂的重逢，却百感交集。

高适与董庭兰不同，他离开京洛已经十多年，屡遭贬官，困顿不达，飘零于世间，行走于边塞，犹如孤魂一般。此刻，连酒钱也掏不出，大丈夫谁又甘心如此贫贱，无奈仕途不顺，竟比董庭兰还要凄惨。

两人愁绪千丝万缕，在寒冬时节相逢，如遇到炭火暖衣，心灵都得到慰藉。

夜里，他们围炉长谈，诉说着这些年的经历，或悲伤，或惆怅，唯独没有欢喜。

董庭兰取出古琴，抚摩着琴弦，一曲《胡笳十八拍》，凄婉而来，如藤蔓一般缠绕着彼此的心。

对于高适来说，这是久违的琴音。他们仿佛回到了旧时的长安，房府内，董庭兰与好友们一同饮宴，琴音入耳，委婉缠绵。

熟悉的琴曲，熟悉的琴师，可是，那些曾经的知己都已经不在身旁。冬夜孤冷，只有他们互相为彼此取暖。

相聚总是太短暂，终于还是到了分离的时候。两个人都是经历过分别之苦的人，所以此刻尽可能地不矫情，微笑着送对方远去。

临别那日，天阴沉沉的，不见阳光，寒冷的北风卷着冰雪呼啸而过，远处传来一阵阵哀伤的雁鸣。大雁南去，不知明年的这个时候可会归来。可惜，归来之时，他们已经不在这里。

高适转身看向董庭兰，他的身影在风雪中显得更单薄。高适走上前，轻声安慰道："莫愁前路无知己，天下谁人不识君？"

前路还很漫长，何必担忧没有知己，天下谁不知董庭兰的琴艺！

董庭兰目光深沉地看向远方，真的还会遇到知己吗？即便遇到，还会如房琯那般倾心相待吗？

恐怕不会，他再也不会遇到那样懂琴的人，即便懂琴，也不会懂他。

董庭兰又踏上了漫长的旅途，他不知道要去何处，没有终点，走到哪里算哪里，天下之大，独有他没有家。

七条弦上五音寒，此艺知音自古难。唯有河南房次律，始终怜得董庭兰。

17.半生浮萍半生悲

【唐】春望词——薛涛

花开不同赏，花落不同悲。

欲问相思处，花开花落时。

揽草结同心，将以遗知音。

春愁正断绝，春鸟复哀吟。

风花日将老，佳期犹渺渺。

不结同心人，空结同心草。

那堪花满枝，翻作两相思。

玉箸垂朝镜，春风知不知。

薛涛写这首诗时，已经年过三十，不似年少那般狂逸，在那个年代，三十岁，人生已过了一半。

她的前半生，虽才华横溢，却受人牵制，虽风花雪月，却难得知己，虽衣食无忧，却饱经沧桑。

细数着这些年来的点滴，她的心中竟没有半分喜悦，在最好的年华里，失去了追求爱情的权利。

这首《春望词》中融合了景与情，繁花盛开的春季在诗人的眼中却是一片凄凉。

"花开不同赏，花落不同悲。欲问相思处，花开花落时。"

花开时不能同观赏，花落时不能同悲伤，相思在何处？都在那花开花落之间。

对于诗人来说，花开花落已经不是单纯的景，而是情。

相思，究竟思念的是何人？薛涛曾在滚滚红尘中遇到了太多的人，白居易、张籍、刘禹锡、杜牧等人都是她座上之宾，然而，这些人中却没有让她相思的人。

"揽草结同心，将以遗知音。春愁正断绝，春鸟复哀吟。"

她渴望着遇到一个知音，两人执手同心，一起走到人生垂暮。可惜，这样的愿望对于她这样的风尘女子来说太奢侈。

春光太短，还来不及欣赏，便已经逝去。春鸟在枝头不停地哀鸣，仿佛倾诉着内心的不舍。年年岁岁花相似，岁岁年年人不同，四季轮转，匆匆而过，她留不住春，也等不到爱。

"风花日将老，佳期犹渺渺。不结同心人，空结同心草。"

那枝头的花一日日老去，如梦佳期离她越来越远。她遇不到知心人，只能结着同心草盼望爱情。

"那堪花满枝，翻作两相思。玉箸垂朝镜，春风知不知。"

最后四句，也在感叹着流逝的岁月。春花开满枝头，却满是相思。晨起对镜落下泪，春风拂过，可知她心里的相思？

她本出身官宦之家，幼年能作诗，通晓音律，名动巴蜀，是父母捧在掌心的明珠。如果家中没有突生变故，或许她会成为谢道韫那样娴静的才女。

薛涛的父亲离世，薛家迅速衰败，她与母亲只能靠着父亲留下的那些钱财缩衣节食地度日。

钱财终究有散尽的一日，为了生活，她不得不入乐籍为官伎。

本以为赚够了钱财，就能从良。可是，韦皋来了，这个男人将她一步步推入泥泞的沼泽中，让她在挣扎中一点点失去梦想。

那年，韦皋任剑南西川节度使，听闻薛涛才华非凡，且孤苦无依，便下令"请"她赋诗侑酒，这一"请"，她就再难自由。

他是官，她是民，他言语上欣赏她的才华，却让她以歌伎的身份出入侯门王府。

韦皋是个聪明的男子，他对薛涛百般呵护，让薛涛感受到他的一片真心，轻而易举地将薛涛的命运掌控在自己的手中。

他曾上奏，请求朝廷授薛涛校书郎的官衔，但碍于世俗言论，事情未能实现，即便如此，人们依旧称她为"女校书"。

细想这件事情，始终太蹊跷。韦皋久经官场，以他的才智，不可能不知道女校书一事行不通，他之所以上奏，会不会仅仅是想送给薛涛一个虚假的人情？

当然，也有人觉得韦皋对薛涛是一往情深，可情若真的那么深，他为何不还她自由身？

薛涛在他的府邸数年，日日迎来送往，与众多文人官吏都有交往。那些人为了一睹美人的文采，都不远千里来到韦皋的府中，与她对酒吟诗，一醉方休。

她学会了察言观色，变得八面玲珑，无数人为之倾倒。她是闻名于世的才女，也是韦皋招揽人才、结党营私的工具。

薛涛自然知道自己是韦皋手中的棋子，内心也渐渐生出叛逆。

她开始收受贿赂，且将事情闹得越来越大，尽人皆知。这一举动，惹恼了韦皋，他下令将她发配松州。

那一刻，她看清了自己。她不过是他养在笼中的金丝雀，让人观赏，偶尔咬了主人一口，便被主人无情地惩处。

松州地处边陲，荒无人烟，一路上，她忍受着恐惧，写下自己的感受："闻道边城苦，而今到始知。却将门下曲，唱与陇头儿。"

如此下去，她恐怕会死在这条路上。为了生存，她写下饱含深情的《十离诗》，托人送到韦皋手中——

犬离主

驯扰朱门四五年，毛香足净主人怜。

无端咬着亲情客，不得红丝毯上眠。

笔离手

越管宣毫始称情，红笺纸上撒花琼。

都缘用久锋头尽，不得羲之手里擎。

马离厩

雪耳红毛浅碧蹄，追风曾到日东西。

为惊玉貌郎君坠，不得华轩更一嘶。

鹦鹉离笼

陇西独处一孤身，飞去飞来上锦裀。

都缘出语无方便，不得笼中更换人。

燕离巢

出入朱门未忍抛，主人常爱语交交。

衔泥秽污珊瑚枕，不得梁间更垒巢。

珠离掌

皎洁圆明内外通，清光似照水晶宫。

只缘一点玷相秽，不得终宵在掌中。

鱼离池

跳跃深池四五秋，常摇朱尾弄纶钩。

无端摆断芙蓉朵，不得清波更一游。

鹰离鞲

爪利如锋眼似铃，平原捉兔称高情。

无端窜向青云外，不得君王臂上擎。

竹离亭

蓊郁新栽四五行，常将劲节负秋霜。

为缘春笋钻墙破，不得垂阴覆玉堂。

镜离台

铸泻黄金镜始开，初生三五月徘徊。

为遭无限尘蒙蔽，不得华堂上玉台。

犬离主、笔离手、马离厩、鹦鹉离笼、燕离巢、珠离掌、鱼离池、鹰离鞲、竹离亭、镜离台，十个"离"字，十个"不得"，句句不舍。

多年的迎客经验，让薛涛更加了解男人，懂得用自己的柔情缠绕他的心。自古英雄难过美人关，韦皋也不例外。

她敛去锋芒，化为一朵娇柔的小花，让他感觉到她的软弱与可怜。

韦皋的心终究还是软了下来，一纸命令，将薛涛召回。

许是因为收受贿赂的事情，韦皋不如往常那般信任她。薛涛回到他身边没多久，便脱去乐籍从良。

这一年，她二十岁，自由之身，居住在成都西郊的浣花溪畔，再不必活得小心翼翼，每日清茶一盏，怡然自得。

那个暖春，望着庭院中盛开的花，她提笔写下《春望词》。

诗中每一句都离不开薛涛对爱情的渴望，凝聚着爱情的诗，她的哀怨、期盼都化为了诗中的"花""春鸟""春愁"。

在最美的季节，感受到的却是悲伤，诗人的眼里，看到的不只是春天的明媚，还有对春的怜惜。

这份相思情会随着春天一起老去，那份对爱的渴望也会慢慢消失。

她以为自己再难遇到爱情，会这样平淡地度过余生，可偏偏在她四十二岁这年，有个叫元稹的男子闯入了她平静的生活，且让她那颗早已冻结的心融化。

她爱上了这个比自己小十一岁的人，爱得如此痴狂，明知没有结果，也要飞蛾扑火。

元稹见她，不过是因为欣赏她的才情。可初见，便让她念念不忘。

这是一场轰轰烈烈的姐弟恋，两个人在一起度过了三个月的时光，美好又短暂。一起泛舟游湖，对酌赏月，吟诗作对，将世俗的言论抛之千里。

可惜，命运又一次和薛涛开了玩笑。七月，元稹调离川地，要去洛阳任职。

薛涛知道，他不可能带她离开。

元稹的仕途一片光明，而她不过是他途中偶遇的一处风景，他不可能永远停留在这里，终究还是要离开。

这一日，他来辞行。

她没有挽留，只是微笑着送他远去。

经此一别，再无相见的可能，愿岁月别在他们的身上留下痕迹，至少下次相见，还能认出彼此。

薛涛没有后悔过爱上他，这段爱虽然无果，过程已经足够她回味一生。

让她惊喜的是，元稹没有忘记她。他寄去一封又一封的书信，关山难越，他们只能将思念写在信笺上，寄给远方的人。

薛涛迷上了写信，也爱上信笺。她用浣花溪的水、木芙蓉的皮、芙蓉花的汁，将纸染成最爱的桃红色，裁成精巧的信笺。女子做出的物件永远是这样精细用心，小小的信笺中藏着浓浓的情。

她写下一首首诗，天真地以为他们可以这样写一辈子信。

可书信往来终难长久，日子久了，信笺开始渐渐减少，直到有一日，再也收不到他的消息。

她知道，这个努力编织的梦也破碎了。

浣花溪带给她太多的愁绪，她不愿再居住下去。

离开浣花溪那日，望着梧桐树，薛涛忽然想起自己八岁那年，父亲在庭院里的梧桐树下纳凉，他低声吟道："庭除一古桐，耸干入云中。"她随口续上："枝迎南北鸟，叶送往来风。"

那时候，父亲望着她的目光中带着忧愁。

如今，她终于明白那道目光的意思，或许，父亲那时候就预感到了她一生的坎坷。

最后的岁月，薛涛洗尽铅华，着一身道袍，移居到碧鸡坊，远离喧嚣，在吟诗楼中了此残生。

唐朝的女子总能将生活过成一首诗，无论是困境，还是苦难，永远留给世人一个风华的背影。

薛涛便是如此，哪怕尘世让她遍体鳞伤，心依旧如初雪一般纯净。

18.花相似，人不同

【唐】题都城南庄——崔护

去年今日此门中，人面桃花相映红。

人面不知何处去，桃花依旧笑春风。

那年春，桃花开得正艳，像极了天边的云霞，如梦似幻，美得缥缈，美得虚无。

若不在此经历一段奇缘，实在有负良辰美景。

清明时节，草木返青，长安城没有落雨，万里无云，街头巷尾熙熙攘攘，好生繁华。

崔护疲惫地放下书卷，望着窗外嫩绿的垂柳，目光中满是哀伤。

十年寒窗苦读，却一朝落榜，任谁都无法坦然接受这个结果。这些日子，他一直将自己锁在巴掌大的书房中，不与外人接触，不喜与人交往，性情也越来越冷漠孤傲。

清晨便有人邀他一同踏青，都被他婉拒。他害怕遇到一起赶考的书生，更怕自己落寞的模样打扰了那些文人的雅兴。

若是踏青赏春，他只想独自前去，一个人，便不会被打扰。

他推开书房的门，迈出屋子时还有些犹豫不决。他已经不记得自己有多久没有走出这扇门了，仿佛过了百年，他如同外乡人一般低头走在繁华的长安街头，步子很快，生怕被人认出。

不知不觉间已走出长安城，走在山野之间，闻得潺潺流水声，顿时心旷神怡。他没有像武陵人那般误入桃花源，却遇到了"桃花缘"。

信步游走在山间小径，望着周围陌生的风景，才发觉自己迷了路。

他遥望远处，发现一处被桃树掩映的门户，隐于桃花深处，只露着屋檐。崔护走近了些，才看清农舍的全貌，柴扉小院，甚是幽静。

清风拂过，清风袭来，桃花随风飘零，留下淡淡残香。

他走上前，轻叩着院门，期盼着会有人回应。

院内，传来轻柔的声音："何人？"

未见其人，先闻其声，听闻是女子的声音，崔护心中稍有紧张。

片刻后，一个女子缓缓打开院门。她身着嫣红衣衫，美目盼兮，灵秀的容貌宛若枝头的桃花，如此明媚动人。

崔护先是对着姑娘恭敬地行了礼，接着道："在下一人出游，忽而口渴，不知姑娘可否能给口水喝？"

读书之人温润如玉，连讨水都这么文质彬彬。女子常年居于乡野，很少能见到这样俊秀的书生，此次相遇，仿佛是命中注定的缘分。

女子面色微微泛着红晕，请他进院，片刻后，又端了一杯清茶，递到他手中。

崔护道了谢，一边饮茶，一边欣赏着周围的风景。桃李芳菲，暖风吹过她的青丝，她手中拿着竹篮，微微踮起脚，折下一枝桃花，小心翼翼地放到篮子中。

可见她也是惜花之人，懂得花开不易，应当珍爱。

他想与她多言几句，却怕唐突了佳人，只能默默用余光望着她。

就这样，崔护一直在这里待到了夕阳西下。

天色已晚，他不便久留，只能起身告辞，她捧着桃花相送到门前。

崔护依依不舍地望着女子，心中的那份情却无法说出，想请求她赠自己一枝桃花，话在嘴边，却不敢说出。

如果，他此时功成名就，定会将一番倾慕之意告诉她，可是，他刚落榜，若许下誓言，怕是会误了姑娘终身。

现在的他，羽翼不够丰满，无法带给她幸福。倘若有缘，定会相见。

崔护离开了那片桃林，越行越远。从那日起，他挑灯苦读，只为有朝一日，能够出人头地，风风光光地上门提亲。

深夜，他时常会想起桃林中的她，想着她的音容笑貌，缓缓入睡。

才子如此相思，佳人又何尝不想念？

那日，一见钟情的不止崔护一人，窈窕女子也倾心于君子。

她手中的桃花本是为崔护而折，却怕他觉得自己轻浮，不敢相赠。自崔护走后，那女子便患上了相思病，整日望着门前的桃树，从花开到花落，从绿枝到落叶，心中没有一刻不在想他。

明知相思苦，却还是苦苦相思，她害怕忘记，所以就一次次回忆着初见，但回忆往往会带来伤痛，思念的人在远方，不知何时才能再见，这是最痛苦的事情。

每当听到敲门声，她总会匆忙地跑去开门，当看到来者并非崔护时，又黯然神伤。

她并不了解崔护，除了名字，什么也不知。所以，她只能等待，无法寻找。一旦崔护忘了她，她所有的希望都会化为泡影。

也有书生路经此处，向她讨水，却不及崔护半点风流。当爱上一个人后，心里便再也容不下第二个人。

相思使人憔悴，她一日日消瘦，身子也大不如从前，每日只痴痴地望着桃花，不与任何人说话。父母心疼女儿，却不知如何宽慰，他们也不知道那个书生到底会不会再来。

一年后，又逢清明时节，崔护望着窗外的桃花，想起去年的今日，她如花的笑容，如秋水般的眼眸，旧时的记忆涌上心头，恍然如梦。

短短一年，却好像过了三世般漫长。多少次梦回桃花林，崔护望见她的身影在桃花中若隐若现，他走上前，对她说出心中埋藏已久的爱意。可当自己醒来发觉是一场梦时，心情又是无比失落。

既然想念，为何不去看看她呢？他可以同上次一样，只讨口水喝，不去打扰她，静静地用余光看她。

他再也忍不住对她的相思情，放下诗书，决定去寻她，哪怕远远地望一眼也好。

沿着曾经的路，往桃林深处走去，依旧是落英缤纷，桃之夭夭，灼灼其华，与去年一模一样，还是幽静的柴扉小院，被朵朵桃花遮掩。

可是，到了门前，才发现门上了锁，轻唤了一声，也无人回应。

心仿佛失去了重要的东西，瞬间一空。他站在门外，不知该走，还是该留。

崔护望着空荡的院落，满目哀伤，他拿起笔在门上题诗道："去年今日此门中，人面桃花相映红。人面不知何处去，桃花依旧笑春风。"

去年寻春偶遇，今年重寻不遇，除了失落，还有伤感。人到底去了哪里？是搬去了别的地方，还是嫁人了？或者……

他不敢想下去，越想便越担忧，生怕此生再也不会见到她。

崔护终究还是放心不下那个女子。他不信她就这样离开，数日后，他又出城来寻她。

这一次，门居然敞开着，只是门前的桃花却谢了。

桃花盛开时那般灿烂，谁能想到凋零时如此凄美。花开花落，无声无息，仿佛是一夜之间的事情，昨日还是十里繁花，转眼便成苍凉。

只见门前挂着一盏白色的灯笼，他疾步走进去，没有瞧见她的身影，而是见到一对老夫妇在低头拭泪。

一问才知，她自去年分别后，便如失了魂般，神情恍惚。几日前，她与父母去山中踏青，回家后，看到门上的题字，以为错过了良机，他不会再来，便一病不起，绝食数日后芳魂永逝。

闻言，崔护更是懊悔，他写下那样的诗，是想表达心中的相思之情，谁知竟害了她的性命。若他没有写下那首诗，而是在门前等着她，或许便不会酿成悲剧。他错了，错得一塌糊涂，他不该留下意思模糊的诗词，让她会错了意。

崔护含泪跪在桃花前，将埋藏在心里的话，缓缓说出。

即便红颜已经逝去，他也要告诉她：崔护并非忘记姑娘，从初见那日，便倾心于你，你有多思念我，我便有多思念你。

清风袭来，一朵桃花落在了他的肩上，淡淡的残香萦绕在心头。他才发觉，自己连她的名字也不知道……

多年以后，当崔护进士及第，步步高升，心中始终还牵挂着那片桃花林。然而，花相似，人不同，随着岁月的流逝，那隐于桃林深处的人家早已不在，即便故地重游，也找不到曾经的路，遇不到旧时的人。

"人面不知何处去，桃花依旧笑春风。"道出了多少人世沧桑！崔护凭着这首诗名垂青史，可他心中的悔恨又有几人知晓？都说"人面桃花，物是人非"，人的命运由不得自己，桃花的命运又何尝不凄苦？

记一生人面桃花红，留一生客行在梦中，画一生隔花初相逢，这一世繁华，何人能与他共享？花期将至，桃花何苦笑春风？一生飘落任东风，年年守，此门中。

年年岁岁，花仅仅是相似，却早已不是当年的花。

许久之后，有人为崔护杜撰了一个美好的结局：崔护闻得姑娘已不在人世，痛彻心扉，在她的棺前痛哭道："我在这里！"

那女子闻得崔护的声音，竟睁开眼，活了过来。老人感动之下，便将女儿许配给了崔护。从此，才子美人一代佳话。

这结局固然美好，可终究是假。有些故事，悲伤的结局远远胜过大团圆，留着遗憾，才会让人懂得珍惜。

　　有时候，错过就可能是永别，所以，若爱不妨说出来，也许会受伤，却不会留遗憾。

　　下个花期，如果遇见，定不要再错过。

19.回首已是路人

【唐】赠去婢——崔郊

公子王孙逐后尘，绿珠垂泪滴罗巾。

侯门一入深似海，从此萧郎是路人。

故人相遇，究竟是缘，还是劫？

崔郊并没想过会再见到她，此时的她已不是婢女，她身着一袭华丽衣衫陪伴在那位身份显赫的男子身旁，他们擦肩而过，他望见了她眼中的哀愁。

他望着那抹艾绿色的身影，思绪回到了年少之时。

青杏尚小，他初次到姑母家，姑母安排了一个婢女服侍他。那婢女与他一般年纪，生得秀丽，只是初见他时，有些羞涩。

两人青梅竹马，春去秋来，他们一起慢慢长大，暗生情愫。他们也曾对着天地，许下誓言，今生今世不相离。

那时候的爱情真纯粹，不需要过多的语言，一次转身，一个回眸，便已足够。他爱她，不在乎她卑微的身份，只爱她这个人。

时光匆匆而过，他为考功名，不得不暂时离开。可崔郊的心始终放心不下她，担忧自己走后她会受委屈，害怕她做错事情会被姑母责骂，他舍不得离她而去。

然而，不舍便不能得，他一定要在功名与爱情面前做出选择，他选择功名，仅仅是想给她更完美的爱情。

临走前，二人相拥而泣，不知为何，他总觉得这一别仿佛会失去她。

他说，很快就回来。

她道，我会等你。

一个走，一个等，就这样，陷入命运的圈套。最后，如许多折子戏一样，才子回来得太晚，佳人早已不在原地等候。

崔郊在姑母家没有瞧见那女子的身影，一问才知，她被卖给了身份显赫的于頔。

关于婢女被卖的事情，有些蹊跷，崔郊与婢女情投意合，姑母应该早就知晓，即便再贫寒，也不该卖了她。除非姑母并不喜欢这个女子，也不想成全这对鸳鸯，索性将婢女卖给达官贵人，一举两得。

无论是何原因，这婢女终究是去了侯门，再无下落。崔郊不过一介秀才，哪怕知道于頔的府邸，也根本无法进入，只能望着那高墙宅院，低声叹息。

他期盼着能遇见她，可等了一日又一日，始终不见她的身影。他开始感到疲倦，日子久了，心中的希望之火也会渐渐熄灭。他开始胡思乱想：或许她已经忘记了他，或许她爱上了于頔……

就在他要准备忘记她，重新开始自己的生活时，却在寒食那日遇见了她。

如今，她过着锦衣玉食的生活，丝绸首饰衬托得她更美貌，她已经不是当年那个懵懂无知的婢女，她比从前优雅，麻雀嬗变成凤凰，这样的她让崔郊不敢上前打扰，崔郊只能如陌生人一般从她身旁走过。

不经意间撞到她的目光，那哀伤的眼眸触动了崔郊的心。崔郊不想让她以为自己薄情，又不想扰乱她的生活，只能写下这首《赠去婢》，让她知晓，他的行为实属无奈。

诗的第一句便是对公子王孙的暗讽，有权势的人争相追求着美人，他们自以为痴情，陶醉在风花雪月当中，全然不顾美人的感受。

楚文王贪恋息夫人的容貌，不惜挑起三国之战，可最后得到了她的人，却得不到她的心，抱憾终生。偏偏后人还记不住教训，上演着一幕幕巧取豪夺的戏。在崔郊眼中，于頔与楚文王没什么区别，都是在用金钱与权力去交换美人，获得爱情。

不过，崔郊并没有在诗中提到息夫人之事，他引用了另一个典故——绿珠坠楼。

相传西晋时期，鹰扬将军石崇有一宠姬，名唤绿珠。她本是民间女子，家中贫寒，若不是因为倾城的容貌，石崇绝不会花十斛的珍珠买下她。

石崇懂音律、懂生活，自然不会允许府中的姬妾目不识丁。于是，他亲自教她诗书礼仪，将一个民间女子调教成了长袖善舞的才女。

他建别馆金谷园，园内水榭楼台，石阶栏杆皆是金石美玉制成，奴仆上万，丝竹声连绵不断，极尽奢华。院内有一处百丈高的崇绮楼，可"极目南天"，这座楼专为绿珠所建，以此宽慰她的思乡愁绪。

府中姬妾如云，石崇唯独对她宠爱有加，这宠爱无形中为绿珠带去了危险。珍宝若是放在明处，必会引来盗贼，更何况人呢？

每当府中宴请宾客，石崇便命绿珠献舞斟酒，凡是见过绿珠的人，都被她的容貌才情所倾倒。渐渐地，绿珠闻名天下。皓齿明眸，回眸一笑万种风情，多少人进金谷园，不为享乐，只为见绿珠一面。

如此富可敌国的人，自然会引人嫉妒，惹祸上身。石崇在朝中投靠的人是贾谧，对贾谧毕恭毕敬。相传贾谧出府时，石崇会站在路边，望着车马扬起的尘土跪拜，这种行为实在被人所不屑。

后来，贾谧陷害太子，被赵王司马伦诛杀，石崇因此受到牵连，被免去官职。无官无职的石崇犹如猛虎失去了利齿，有钱无权，外表凶悍，内里早已慌乱不安。

石崇富有的这些年，得罪了太多的人，身上背负了无数的血债，他知道报应将至，逃不过躲不了。

与赵王司马伦交好的孙秀见有权有势的石崇沦落至此，心中不禁暗暗欢喜。如今孙秀是官，石崇是民，他可以差人向石崇随意索要财物、美人。

石崇也不敢惹祸上身，见孙秀的使者来到家中，便立即让仆人献上珊瑚翡翠，又将府中的舞姬唤出，让使者随意挑选。

使者直说："她们的确美艳动人，但我家主人只想要绿珠一人。"

石崇大怒："绿珠是我深爱之人，绝不可能给孙秀。"

使者暗含深意地提醒道："你博古通今，还请三思。"

石崇没有犹豫，依旧坚持不给，他已经失去官职，若连挚爱的女子也要送人，要这万贯家财又有何用？他是卑鄙奸佞之徒，却也有底线，绿珠是他心上的最爱，无论如何也不会将她如物品一般送给孙秀。

使者见石崇如此固执，也不再多费口舌，回去后将事情回报了孙秀。孙秀闻之大怒，劝赵王司马伦诛石崇。

朝廷的兵马包围了金谷园，只等着赵王一声令下，他们便可冲进去诛杀石崇。

石崇在劫难逃，不舍地凝视着绿珠，叹息道："我现在因你而获罪。"

为了她，他得罪孙秀等人，甚至不久之后便要丢去性命。此时，他已经无惧生死，只想让她知道，他是真心爱她，甘愿为她赴汤蹈火。

若他死，她该何去何从？绿珠仿佛能想到自己日后的命运，她眼中满是决绝，含泪说："吾愿效死君前。"

言罢，从那崇绮楼上跳下，坠楼而死。

绿珠坠楼太过突然，就像当年虞姬挥剑自刎一样，项羽没有拦住虞姬，石崇也没有拉住绿珠。望着所爱之人死在自己面前，那种痛钻心蚀骨，石崇已经丧失了反抗的意识，只想随着绿珠而去。

他被乱兵杀于东市，自知罪孽深重，这结局已是注定。他猜到了自己的结局，却没有想到绿珠的结局，那女子何其无辜？

崔郊所爱的这个女子与绿珠有着同样沉鱼落雁的容貌，也有着相似的遭遇。

她们柔弱又卑微，难逃被劫夺的命运，在权势面前，她们没有选择的资格，只有被挑选的宿命。

崔郊无奈之下，发出这样的感叹：侯门一入深似海，从此萧郎是路人。

入了侯门，从此再无相见之日，即便见面，也要如路人般装作互不相识。深宅大院是非多，那女子太过单纯，想必会受不少的委屈。

衣衫华丽不代表她过得如意，她陪在于頔身旁，沉稳的举止中透着小心翼翼。常言道：伴君如伴虎。这些达官贵人虽不是虎，但也是能吃人的狼。相处时，根本无法真心相待。

重逢时，崔郊能感受到她眼中的喜悦、哀愁，可他没有能力上前拥抱她。

他写下这首诗，是想让她知道，一个叫崔郊的男子从未忘记过她，也求她不要忘记曾经的美好。

崔郊将这首诗递到了女子手中，那短短四句话道出了两个人心中的苦涩。婢女知道了他的情，便也不再哀伤。回首时，虽为路人，但知道彼此的爱。不怕不相逢，最怕不相爱，若爱还在，海角天涯又何妨！

那女子将这首诗带回了府中，准备守着心底的爱过完此生。

许是因为最后一句太过触动人心，这首诗口口相传，也传到了于頔的耳中。于頔心生感动，不愿拆散有情人，便将那女子送回了崔郊身边。

对于于頔来说，这婢女可有可无；对崔郊来说，这婢女是唯一。

这是最好的结局，无意之间的重逢，崔郊写成了流传千古的诗，而这首诗又让佳人重回身旁，真是注定的姻缘。

崔郊之事固然美好，然而，就在唐代，也曾发生过一桩与绿珠坠楼相似的事情。

　　武则天时期，左司郎中乔知之有一婢女，名唤窈娘，能歌善舞，二人日久生情，关系早已超越了主仆。后来，窈娘被武则天的侄子武承嗣看中。武承嗣经过一番威逼利诱，终于说服了乔知之，乔知之亲手将窈娘送入武承嗣府。

　　之后，乔知之加官晋爵，可他永远地失去了最爱的人。如此经历，让他忍不住想起了绿珠，绿珠如此贞烈，也许窈娘也可效仿绿珠。

　　那日，他写下《绿珠篇》：石家金谷重新声，明珠十斛买娉婷；昔日可怜君自许，此时可喜得人情。君家闺阁不曾难，常将歌舞借人看；富贵雄豪非分理，骄矜势力横相干。辞君去君终不忍，徒劳掩袂伤铅粉。百年离别在高楼，一代红颜为君尽。

　　这首诗送到了窈娘手中，聪慧的女子读过诗后，便明白其中意思，这是要她以死保全名节。夜深人静时，窈娘跳下枯井，无声地离开了这个世间。

　　武承嗣找到窈娘尸体时，痛苦不已，他看见一旁的《绿珠篇》，便知是这首诗将窈娘送上了黄泉路。他立即下令逮捕乔知之，秋后斩首。

　　"窈娘投井"与"绿珠坠楼"仅仅是相似而已，细细想来，乔知之完全是为了保存颜面，用文字将窈娘逼死，与石崇终究是不同。

　　同样是一首诗，乔知之却将自己与爱人推向绝路，而崔郊却改变了自己的命运。

　　所以说，爱情真是奇妙，皆由缘起，也皆由缘灭，世间之事大抵也是如此。

20.薄幸，十年梦

【唐】遣怀——杜牧

落魄江南载酒行，楚腰纤细掌中轻。

十年一觉扬州梦，赢得青楼薄幸名。

夜深了，扬州城内已经听不见琴瑟声，清风拂过杨柳，又是安静的明月夜，杜牧又醉了。

他跌跌撞撞地走出青楼，独自在街上徘徊，不知该去何处。扬州繁华，却不是他的心中归宿。天下之大，却没有懂他之人。

杜牧和扬州总有剪不断、理还乱的缘分，一座江南古城，带给了他希望与绝望。他的故事太长，还是从最熟悉的《清明》讲起吧！

对于杜牧，许多人的印象都停留在那首《清明》：清明时节雨纷纷，路上行人欲断魂。借问酒家何处有？牧童遥指杏花村。

遥想清明时节，细雨纷纷，行人神情低落地走着，一个翩翩少年郎骑着骏马而来，在雨中寻找酒家，想暂避风雨。牧童笑而不答，抬手指着远处的杏花村。

多么美好的一幅画面，读着诗句，仿佛就能看到他脸上浮着的笑意。在风雨中，杏花村是一种希望，为雨中的行人带去无

限暖意。而后几十年，杜牧迷失在官场风雨中，再也没有遇到过"杏花村"。

杜牧，出身名门望族，忠良之后，自幼便心怀天下，志向千里。两耳不闻窗外事，一心只读圣贤书，他曾是儒士，谦谦君子，不染尘埃。

十岁那年，祖父过世，不到四年，父亲也离世，家道中落，只能与兄弟挖野菜度日。贫困之下，他坚持求学，不曾辜负族人的期望。二十三岁时，作《阿房宫赋》，用秦朝骄奢亡国提醒唐朝统治者应勤政爱民。他有匡扶天下之才，可这样的才华却让他身陷困境。

当时，朝中两位重臣牛僧孺与李德裕发生党争，偏偏这两位重臣都欣赏杜牧的才华，不过，他们宁愿永远不重用杜牧，也不愿让杜牧成为任何一方的利器。于是，杜牧成了党争的牺牲品，怀才不遇，只能当个芝麻小官，庸碌无为。

他曾在牛僧孺幕府任职，居于扬州。可惜，官职卑微，得不到重用，郁郁不得志，又无法抽身离去。他徘徊于无尽的深渊中，很难从黑暗中走出，便任由身心堕落。

在扬州的岁月最是荒唐，整日酒不离身，醉卧温柔乡。然而，白日越是热闹，夜晚越是孤寂。夜深人静时，他会想起昔日父亲教诲，心中惭愧不已。走过了贫贱的生活，却迈不过富贵的坎坷，杜牧的心始终是沉闷的，除了饮酒，他不知如何排解心里的惆怅。

自恃清高的同僚不喜与他来往，他便独来独往。他也为歌伎写诗作曲，可他的诗与柳永不同，柳永是彻底堕落，而杜牧却是心有不甘。不甘沉沦的人，却终日沉沦，是可笑，还是可悲！其实，杜牧的心中始终怀着一丝希望，期盼着有朝一日，能够施展抱负，指点江山。然而，这心愿半生未实现，他日渐憔悴，身心俱疲。

他回到长安后，回忆扬州往事，写下这首《遣怀》，短短四句，写尽了浮生悲喜。

这些年，他飘零江湖，酒不离身，遇见了太多的女子，风花雪月，终究成了一场扬州梦。

楚腰纤细掌中轻，他用"楚灵王好细腰"与"赵飞燕掌中舞"的典故来形容扬州歌伎之美，纤纤细腰，舞姿轻盈，如此繁华，如此难忘。

离开扬州时，他也曾写下这样的诗句赠给歌伎：娉娉袅袅十三余，豆蔻梢头二月初。春风十里扬州路，卷上珠帘总不如。

他从不是儿女情长的人，离开时，他只想告诉众人，扬州从来不是他的梦，春风十里扬州路，都不及一个女子重要，他的心、他的志从来不在这里。

怀揣着一腔热血而来，却被现实伤害得体无完肤，他爱着扬州，又恨着扬州。初来扬州时，他也想造福扬州百姓，可牛李党争，压制着他的才华，他虽是官，却是闲官，只能听从别人的安排，成为傀儡。

他对扬州有着复杂的感情，离开扬州后，依旧无法忘怀，也曾怀念扬州，写下"二十四桥明月夜，玉人何处教吹箫"这样的佳句。

看不见希望，便绝望，不禁仰天长叹："十年一觉扬州梦，赢得青楼薄幸名。"

十年来，他虚度光阴，纵情于欢场，恍然若梦。最终，什么也不曾留下，只在青楼女子中落得一个薄幸的骂名。薄幸，便是薄情，爱不专一。人人都道他是"风流诗人"，却无人知道风流背后的无奈。

人的一生有多少十年？十年，足以让一个胸怀大志的年轻人变得麻木不仁，他的青春一去不复返，正如这场扬州梦，荒唐可笑。梦醒之时，便是认清现实之时，那颗怀着梦的心也将死去。

他回到了长安，望着熟悉的长安城，他只觉得自己早已不属于这里，可是，他到底该属于哪里？或许，他根本不该活在这个时代，哪怕再早一百年，他遇到的是唐太宗那般明君，他也不会沦落至此。

杜牧无法救济天下，亦无法救济自己，甚至连他的"十年之约"都化为云烟。

十年之约的故事，从始至终，都是一个错误。在错误的时候，许下错误的诺言，造成错误的结果，伤人伤己。

这段故事并非发生在扬州，而是发生在湖州。那年，杜牧去湖州游玩，湖州刺史热情相待，安排了湖州竞渡，引来无数百姓在岸上观赏。

杜牧走在人群中，邂逅了一位姑娘。人海茫茫，目光唯独在她的身上停留，他缓缓走上前，彬彬有礼地道一句："在下杜牧。"

那姑娘年纪尚小，并非倾国倾城，却让杜牧一见钟情，生出了娶妻之意。临走之时，杜牧与那姑娘定下十年之约，他下了聘礼，约定十年之后，来湖州娶她为妻。

这是约定，也是承诺，那时的他心怀抱负，以为凭自己的才华，几年后一定会升为湖州刺史，他怀着满心的期待离开湖州，却不知前途坎坷，路程漫漫。

分别后，杜牧时常会想起湖州的姑娘，他几次提出调任湖州，朝廷都不应允。时光匆匆而过，在不经意的时候，他已经错过了十年之约。

他出任黄州、池州、睦州刺史，却唯独没去过湖州。直到四十七岁这年清秋，他才被派到湖州任职，然而，离约定的时间已过去十四年。

故地重游，他再无当年的豪情壮志，经过多方打听，才知那女子早已嫁人生子。那位女子等了杜牧整整十年。十年间，她听闻了不少关于杜牧的风流韵事，但她依旧坚持杜牧会来湖州。可是十年之后，她没有等来他的身影，悲伤之下，只能另嫁他人。

他来得太晚，没能守住这段缘分。他不是恶人，自然不会强求这段缘分，对于杜牧来说，这段姻缘错过了便不可能再拥有。未能信守十年约定，他该怨谁呢？怨朝廷，还是怨自己？

那夜，他沿着湖畔行走，抬头望着枝头绿叶，轻吟《叹花》：自恨寻芳到已迟，往年曾见未开时。如今风摆花狼藉，绿叶成阴子满枝。

寻芳太迟，迟了十年之久，如今，空对着满树绿叶，才知懊悔。十年之约，明明是一段伤感的爱情故事，却暗藏着对朝廷的怨恨。

他的去留从来由不得自己，从扬州到长安，他一生漂泊于官场，看不透功名利禄，也不愿看透，他更像一个最后的战士，在满是刀剑的战场上，孤身前行。

晚年的杜牧终日活在孤寂当中，年华虚度，让他心中又愧又恨。悠悠青山，他已无心去攀爬，一个白发老人，面对着熙熙攘攘的长安城，眼中满是冷漠，伤痛之时，发出了"莫上最高层"的感叹。一个人不争不追求，并非因为看透，而是因为疲惫。

年迈之时，杜牧自知生命即将走到尽头，他亲自撰写墓志铭，为自己在世间留下最后一篇文章。回首一生，虽满腹诗书，却未能成为国之栋梁；虽儿女双全，却未能享尽天伦之乐；虽流连风月，却也未能得到一人深情。

之后，他闭门于家中，将生前所写文章、诗词焚毁，仅吩咐留下少许，传于后人。他日日夜夜以诗为伴，将希望与抱负都写在诗词当中，无奈报国无门，穷尽一生也得不到所求，临终之际，心中只剩下愤恨与不甘。他爱着尘世，可尘世从未善待过他。

焚稿是一种自我精神的毁灭，那烈火中燃烧着的不只是一张张宣纸，还有他的青春。当一张张宣纸在火中化为灰烬，他的心也渐渐逝去。扬州十年，宦海沉浮，恍然若梦。

古往今来，多少人如杜牧一般希望入世为才，奈何现实让他们一次次跌落深渊。即便如此，依旧会有人为梦而前行，因为他们知道，即便生命残败枯萎，也曾记得那里有风吹过。

　　倘若可以，不妨去扬州走走，感受一下诗人曾经走过的桥、踏过的路。扬州一梦，浮华三千，切勿陷得太深，无法自拔。

21.莫负年华，莫忘折花

【唐】金缕衣——佚名

劝君莫惜金缕衣，劝君须惜少年时。

有花堪折直须折，莫待无花空折枝。

《金缕衣》是唐代的一首七言乐府，作者已不可考。倘若是女子，那她或许不曾被人所珍惜；若为男子，那他定失去了所爱之人。在最美的年华里错过了最好的人，回首往事，皆是叹息。

金缕衣，乃金丝编织的衣衫，极其华贵之物，却要"莫惜"，可见这世间还有比金缕衣更贵重的东西，那便是"少年时"。在青春年少时，若是遇到花开，便要去折，不要等到花谢之时，空折树枝。花非花，而是指人，倘若遇到，便不可错过。

人世间最珍贵的两件东西都写在了诗中，一是惜时，二是惜人。唯有在对的时间，遇上了对的人，才能不负青春。

千年前的盛世大唐，有一位女子为《金缕衣》谱曲。

她叫杜秋娘，出生之地不详，不过，可以确认她是江南女子，清歌妙舞，回眸生花。家境贫寒，她沦为歌伎，卖艺为生。

那年，她携邻家女伴一同登高踏青。望着漫山遍野的红叶，她忍不住清唱一曲。当时的她不过豆蔻年华，并不知这歌声会为自己带来多少福祸。

后来，她被镇海节度使李锜买入府中做歌伎。李锜虽姓李，可与李唐皇室的关系并不算亲近，他这样的皇室宗亲并非位高权重，他通过贿赂宠臣，才勉强得以身居高位。

　　踏入朱门的那刻，杜秋娘便知自己再也无法回到从前的生活，身后一道道关闭的朱门斩断了她的旧梦。她究竟要在这里度过多少春夏秋冬，经历多少悲欢离合，一切都是未知。

　　富贵人家的歌伎每日争奇斗艳，丝竹管弦各显才华。杜秋娘不喜那些古调，她自创新调，为《金缕衣》谱曲。夜宴之上，嘈杂喧闹，年仅十五岁的杜秋娘从容地走上高台，轻启朱唇，甜润的声音缓缓流淌而出。

　　一曲罢，李锜仍沉浸其中，久久不能回神，他当即将杜秋娘纳为侍妾。李锜性情狡诈狠毒，杀害官吏，逼污良家。杜秋娘如履薄冰，不敢多行一步、多说一言。她身在侯门，却郁郁寡欢。天籁之音不应锁在深宅大院，乐本源于心，若连心都倦了，还哪里有乐呢？庭院深深，锦衣玉食，始终不是杜秋娘心中所求。

　　唐宪宗李纯即位后，削弱节度使权力，李锜对此甚是不满，开始谋划造反。乱臣贼子人人得而诛之，没过多久，李锜便兵败被斩，家中女眷也入宫为奴。

　　李锜之乱对杜秋娘并不是一种解脱，她只是从一个牢笼走向了更大的牢笼。她入宫后仍为歌伎，期盼着有朝一日能够得到自由。

　　宫宴上，一曲《金缕衣》，倾倒众生，清歌丽嗓，无人不为之感动。唐宪宗正值华年，对杜秋娘一见钟情，封她为秋妃。初见时，杜秋娘并不知道唐宪宗的性情，处处小心谨慎，相处久了，便发觉唐宪宗是真心待她。二人情投意合，唐宪宗从未嫌弃过她是歌伎出身，时常与她一起商讨朝廷大事，在杜秋娘的陪伴下，唐宪宗勤政爱民，试图再现贞观年间的盛世。

无奈天不留人，几年后，唐宪宗于大明宫中驾崩，太子李恒即位。杜秋娘没有子嗣，又想长留宫中，只有在这里，她才能找到唐宪宗在世时的影子。唐穆宗李恒让她做皇子李凑的傅母。

傅母，便是古时负责辅导、保育贵族子女的老年妇人，也可以理解为保姆，身份卑微。

她之所以留在尔虞我诈的大明宫，是想在这个熟悉的地方思念着故人，爱未断，相思不绝，她放不下自己心中的情。

杜秋娘悉心照顾李凑，不求他飞黄腾达，只愿能够平安地过一生。四年后，唐穆宗崩于寝殿，死因不明，太子李湛即位。

李湛性情暴虐，终日沉迷击鞠，对身旁的宫人或打或骂，闹得宫中人心慌乱，史称"视朝月不再三，大臣罕得进见"。最终，宦官刘克明将李湛杀害。

李湛过世后，其弟李昂即位。李昂年仅十八岁，不懂朝政，朝政大权落入宦官手中。堂堂皇室，受制于人，谁能甘心如此没有尊严地活下去？

那日，杜秋娘望着身旁的李凑，低声叹息。天下已到存亡之际，她必须冒死一搏。杜秋娘端坐在铜镜前，脂粉遮掩着眼角的皱纹。她早已过了"折花"的岁月，容貌不似当年清丽。回首一生，她竟从来没有为自己拼搏过。她经历三朝，亲眼看着大唐皇帝英年早逝，死于非命，明明怀疑是宦官所为，却不敢言明，只能隐忍度日。想到这里，她嘴角不禁浮起一丝嘲讽，眉间赤红的花钿仿佛能渗出血来。

朝中大权旁落，当朝皇帝唐文宗不过是个傀儡。她虽为后宫女子，此时此刻，也该为天下除害，整顿朝纲。

于是，她与朝中宰相宋申锡密谋宫变，想一举除掉宦官势力，拥李凑为帝。这是场惊心动魄的筹划，不成功便成仁。

她想过失败带来的后果，不过，她并不畏惧，她只想通过一场反叛，来结束这荒唐的宦官时代。

不料宦官耳目众多，事情提前败露，李凑被贬为巢县公，宋申锡谪为江州司马，杜秋娘削籍为民。之所以没有赐杜秋娘一死，大概是觉得这个女子根本无法掀起什么风浪，正如这次宫变，还未行动，便被扼杀。

杜秋娘被驱逐出宫，这对于她来说是最好的结局，她终于不必再心惊胆战地度日，从此之后，她可以为自己而活。

她离开了富丽堂皇的宫廷，远离了纷纷扰扰的长安城，回到了最初的地方。江南，一切的故事都是从这里开始，若当年，她没有被李锜买入府中，或许，便不会经历复杂的人世沧桑，因因果果，命运莫测。

行走在江南山水之间，她忽然想起自己年少时唱的那首《金缕衣》：劝君莫惜金缕衣，劝君须惜少年时。有花堪折直须折，莫待无花空折枝。

她在最美的年华被人折下，一生跌宕起伏。

数十年的岁月转瞬即逝，她满鬓华发，好在嗓音未变嘶哑，依旧如当年一般婉转动听，可谁还会静下心来听一个白发苍苍的老人唱歌呢？唯有山间的明月罢了。

她年少离家，如今归来，已是无家可归，所幸润州刺史李德裕奉诏将杜秋娘安排在道观中，用微薄的钱财供养着她。一年后，朝中有人诬告李德裕贿赂杜秋娘，图谋不轨。这太荒谬，谁会贿赂一个无权无势的孤寡老人呢？但多事之秋，杜秋娘曾筹划宫变，凡是与她有关的事情，皆被朝廷重视。李德裕因此事被贬，李德裕之事后，便再无人愿意与杜秋娘接触，杜秋娘的供养便就此断了。

秋风萧瑟，落叶飘零，杜牧路经润州时，与杜秋娘匆匆见了一面。二人曾经都是名动长安城的人物，此次相见，勾起了不少旧事的回忆。

杜牧凝视着眼前的白发老人，不禁心生怜悯。谁能想到曾经风华后宫的秋妃，如今身披寒衣，独坐在破旧的道观前。杜牧伤感地写下《杜秋娘诗》，诗中写了她华丽的前半生，也写了她凄凉的后半生。她无依无靠，故乡的人都已不记得"杜秋娘"，家中荒草丛生，她只能独自在道观中，以织布为生。寒冬时节，她要在深夜借邻居的织布机，才能织出白绢。清血洒不尽，仰天知问谁？唯有亲身经历人事变迁的人，才知晓其中的伤痛。

不过，面对着如此清贫的生活，杜秋娘却是心静如水，没有丝毫怨言。她彻底变为平凡人，不必再惺惺作态地去敷衍位高权重的大臣。她可以踏歌而行，与燕雀对歌，与清风为伴，她的声音都回到了山林，心亦如少时那般安稳。

自此之后，史书再未记载过杜秋娘，那首《金缕衣》也少有人唱起。杜秋娘如此通透之人，早就看破人间世事。金缕衣，少年时，她都未曾辜负。

22.恨不相逢未嫁时

【唐】节妇吟·寄东平李司空师——张籍

君知妾有夫，赠妾双明珠。

感君缠绵意，系在红罗襦。

妾家高楼连苑起，良人执戟明光里。

知君用心如日月，事夫誓拟同生死。

还君明珠双泪垂，恨不相逢未嫁时。

　　静谧的夜，朦胧的月光照在繁华的长安城中，万家灯火已熄，唯有一处宅院亮着灯盏，凉风拂过，烛光摇曳，院内一片凄凉。

　　这宅院主人名叫张籍，患有眼疾，几乎如盲人一般。他必须在屋中摆满灯火，照得如白昼一般，才能模模糊糊地看见书籍。

　　张籍凝视着案几上的一封封书信，愁眉紧锁。那信笺上清清楚楚写着寄信人的名字：李师道。此人乃当朝司空，位高权重，如今已开始拉拢文人和官员，恐怕是在谋划对君王不利之事。

　　身为太常寺太祝的张籍，自然也收到了李师道的书信。古往今来，多少文人选错了道路，结果万劫不复，沦为罪人。张籍不是糊涂之人，他清楚李师道的为人，倘若自己直言拒绝，那必然会引来杀身之祸。时局动荡不安，任何人都无法全身而退，他必须做出选择。

　　这个夜晚，注定无眠。窗外传来阵阵风声，仿佛在催促着他做最后的决定。

不久前，他的恩师韩愈为了不让董邵南投靠藩镇，曾作《送董邵南序》劝阻。当年，张籍与韩愈相识，成为韩愈的门下弟子，跟随韩愈多年，他自知师长一向厌恶藩镇割据，若他依附李师道，那便是有辱师门，今生今世都无法得到韩愈的原谅。

张籍入朝为官多年，不求高官厚禄，只愿本本分分，报效君王。纵然李师道盛情相邀，他的心也丝毫不会动摇。

身居朝堂，便意味着承受着风险，多少文人考取功名后迷失自己，最终在汹涌的深潭中越陷越深？如今，这潭水已经蔓延到他的脚下，他必须尽快逃离。

于是，他连夜写下这首《节妇吟》，婉拒李师道的招揽。

诗句极为巧妙，一语双关，倘若不知事情的前因后果，外人可能以为这仅仅是一首关于女子的诗。

诗中以闺中女子之口倾诉衷肠：君知道我已嫁作人妇，仍然送我一对明珠，我为君的一番情意而感动，时常把明珠系在红罗裙上。我的家就连着皇宫，夫君在皇宫中当值。虽知道你真心如明月，但我也曾发誓要与夫君同生共死。我虽不愿拒绝君的深情，但仍要将明珠归还，有缘无分，只遗憾没能在未嫁之时与君相识。

寥寥数句，便能看出这个女子陷入感情旋涡中，她已经有结发夫君，夫妻二人情意浓浓时，却有一个男子赠她明珠，表示心中的爱慕之情。

赠妾双明珠，可见这个男子出手阔绰，绝非等闲之辈，加之甜言蜜语，若是意志不坚定的女子，很容易迷失在其中，然而，女子却记得自己与夫君的誓言：同生死。

她的夫君也并非无能之人，她家中连着皇宫，可见她身份高贵，夫君又在宫中，定是官宦人家。女子生性善良，不忍重伤这个男子，于是含着泪将明珠还给他，无奈地道一句："恨不相逢未嫁时。"

恨不相逢未嫁时，这句深情的话语中饱含着多少不舍，很明显，她也对这个男子动了真情，只是可惜他们相识太晚。有时候，时间不对，即便遇到了对的人，也会错过一生。正如诗中的女子，她被男子的深情所感动，可此时她已经为人妻子，若是与男子私会，那便是不贞不洁。

她是个清醒理智的人，所以，没有留下明珠，也没有给那个男子希望。若要怨恨，只能怨恨时间，怨不得他人。

千百年后，痴情男女为情所伤时，也会叹一句："恨不相逢未嫁时。"

那男子收到明珠后，也定不会再纠缠，因为，他已知晓女子的心意，还君明珠双泪垂，他也该对这段感情释怀。

其实这首诗无关爱情，屈原曾以香草美人明志，而张籍也恰好是借诗中女子拒绝李师道。

不过，张籍与诗中女子终究不同，他从来没有被那对价值连城的明珠所感动，也没有被李师道的言语所蛊惑，他自入朝以来，对大唐皇室忠心耿耿，从未改变过。

从诗中"明珠"二字可以看出，李师道应当用重金诱惑过张籍，只是他心志坚定，并未被金钱所惑。

"还君明珠双泪垂，恨不相逢未嫁时。"这句话总会让人产生误解，觉得诗中女子心性不定，对男子余情未了。

这恰恰是张籍在诗中设下的一个陷阱，他想让李师道读出诗中的纠结与不舍，从而原谅他的婉拒。拒绝李师道这样的人太难，不仅仅要内心坚定，还要有智慧，一言一行皆不能露出破绽，既要拒绝，又不能交恶。

后人，总爱将这首诗与乐府诗《陌上桑》相较，《而庵说唐诗》曾提到："《陌上桑》妙在直，此诗妙在婉。"

《陌上桑》讲述的依旧是节妇的故事，只不过，这位妇人言语直接，丝毫不留情面。

秦家有女，名为罗敷，善于养蚕采桑。一日，她在城外采桑，太守乘车而过，见罗敷貌美，便上前询问年龄，并邀她一起乘车。

罗敷拒绝道："使君一何愚！使君自有妇，罗敷自有夫！"

她指责太守愚蠢，并提醒太守，他已有妻子，而自己也有夫君。她的夫君也是为官之人，十五岁为小吏，二十岁入朝为大夫，三十岁做皇上的侍中郎，四十岁成为一城之主。如此男儿，比太守不知要尊贵多少。

罗敷言语犀利，让这个举止轻佻的太守无地自容。《陌上桑》中的罗敷之所以直，是因为她的夫君位高权重，她可以肆无忌惮地讽刺太守。可张籍却不行，他的官职卑微，哪怕说错一句话，便可能性命不保。

他只能通过一首委婉的诗来自救，李师道收到信后，体会到张籍的无奈，也没有为难张籍。后来，李师道举兵叛乱，被部将所擒，身首异处。这时候，张籍的眼疾已经痊愈，他庆幸自己望见了朝堂渐渐光明。

那个时代的诗人似乎都不喜欢直言相对，他们喜欢运用"比"的表现手法写诗，这种表面上说的是一件事，而暗里却指另一件事情的写法叫比体诗。

在唐代，主试官员除审阅试卷外，还有权参考考生平日所作的诗词歌赋决定去取，在朝中有地位的人如与主试官相识，皆可引荐人才，此种行为称为"行卷"。

那年，进士入京参加科举考试，张籍收到了一位考生写的诗《近试上张水部》：洞房昨夜停红烛，待晓堂前拜舅姑。妆罢低声问夫婿，画眉深浅入时无。

诗人名叫朱庆余，临近科举考试时，他担忧文章欠佳，便写下这首诗，询问张籍的意见。

这首诗描写一位新婚女子，经历了洞房花烛，清晨即将要去拜见公婆。她对镜梳妆，心中不免紧张羞涩，担忧自己是否能讨公婆欢喜。思来想去，妆罢低声问夫君，这眉毛画得如何？

诗人将女子的心思写得如此透彻，透过诗句，仿佛能看见那女子脸上泛起的微微红晕，在夫君耳旁低语。即便千百年后，初次见家长的情侣怕也是这样的心理，忐忑又期待。

人生四大喜事：久旱逢甘雨，他乡遇故知，洞房花烛夜，金榜题名时。

朱庆余恰好用洞房花烛夜暗指金榜题名时，他是新妇，张籍是夫君，主考官自然是公婆，画眉深浅入时无，这是新妇对夫君的低问，也是朱庆余对张籍的低问。朱庆余想知道自己的文章是否能金榜题名，又不敢直言相问，便只能将疑问写在诗中。

张籍读了这首诗后，也回诗一首，答案就藏在诗中，《酬朱庆余》：

　　越女新妆出镜心，自知明艳更沉吟。

　　齐纨未足时人贵，一曲菱歌敌万金。

　　一位越州的采菱女，面若芙蓉，她精心打扮好自己，来到湖中心，自知美艳动人，却因为过于爱美，反而怀疑起自己，沉思着：自己究竟美不美？

　　为何会怀疑自己的美？源于不自信，采菱女本就天生丽质，却有一颗自卑的心。这一点，与朱庆余如此相像。

　　那么，到底她美不美呢？诗人很快便给出了答案，齐纨未足时人贵，一曲菱歌敌万金。

　　虽然齐地产贵重的丝绸，却并不值得人们看重。一曲采菱女的歌声，已经敌过万金。

　　朱庆余来自越州，这里的采菱女正是指他。朱庆余的疑惑，张籍回答得清清楚楚，既然文采非凡，已无须担忧。

　　二人一问一答，如此巧妙，可见心意相通。

　　有些话终究无法用言语说出，文字的妙处恰恰就在这里，通过文字将心意慢慢表达，不急不缓，一切都刚刚好。

23.问君能有几多愁

【南唐】虞美人·春花秋月何时了——李煜

春花秋月何时了？往事知多少。小楼昨夜又东风，故国不堪回首月明中。

雕栏玉砌应犹在，只是朱颜改。问君能有几多愁？恰似一江春水向东流。

七月初七，是七夕佳节，也是李煜的生辰。只可惜，南唐已逝，故国不在，他早已不是国主，江南也再无他的身影。

违命侯府，没有半点庆生的喜悦。府外烟花绚烂，府内一片凄然。曾经的旧臣都来为李煜庆生，宴席上的宾客都是那样熟悉，却是物是人非，不似当年。他们饮着酒，沉默不语，沉浸在哀伤中。

这时候，歌伎忽然唱到一首江南的歌谣。李煜不禁回忆起江南往事，满心的愁绪不知诉给何人听。

他生来便有帝王相，一目重瞳子，那时候，他的名字还不叫"李煜"，他叫"李重光"。他有自己的追求，爱着诗词歌赋、丝竹管弦，不愿做帝王，只愿做那山水之间的白衣少年郎。

年少才子，风流潇洒，他只爱作词谱曲，与诗书为伴。无奈造化弄人，李煜的几位兄长接连过世，父皇临终前，只能将风雨飘摇的江山交到他手中，最不愿做皇帝的人终究还是做了皇帝。

从没想过会登上帝王之位，一国之君要承担太多的责任，他不想当皇帝，也不会当皇帝，然而命运却一步步将他推到了那个皇位。

二十五岁那年，他继承大统，并给自己改了名字，李煜。日以煜之昼，月以煜之夜，不求重振南唐，只愿守着先祖的基业。

即位时，南唐早已衰落，他为保江南安宁，削去国号，成为宋的臣国，自称"江南国主"。

宫人时常议论皇帝昏庸无能，叹息南唐气数已尽。那些话传到李煜耳中，他只是淡然一笑，不去解释，依旧沉浸在书香中。

不知从何时开始，李煜已经拥有了整个江南，霓裳佳人，踏雪而归，月下莲舞，翩若惊鸿。这一切究竟是缘还是劫呢？

没有倾朝乱世，没有声色犬马，没有江山永寂。浅浅眠，懒懒起，菱花镜前画黛眉，风卷珠帘留残香。他与周娥皇锦瑟相合，可娥皇还是重病，离他而去。后来，他有了窅娘、小周后，却始终不及娥皇的美好。

身为一个帝王，他有着太多的无奈，不能踏出宫廷，不能自由地挥笔题诗。他的生活满是世俗喧嚣，所以笔下的文字也奢靡华美，没有太多的感情。

南唐皇宫，夜夜笙歌，那悠扬的琴曲传到李煜耳中，却让他恐惧。在这片虚假的盛世下，即使李煜看透了背后所承载的苦难，也无法说出，只能写在纸上，这终究是一个词人的无奈。当欢闹之后，万物沉静，这一刻往往是最可怕的，他会在寂静的夜想到自己黑暗的未来，那种感觉令人窒息。

他知道国家走到了尽头，不怨天不怨人，都是宿命，都有因果。

烟雨江南，所有人都沉醉在繁华中，他们日日饮酒作乐，麻木自我，等待着宋军的铁骑踏破城池。

南唐的将士抵抗过，挣扎过，然而，一次次兵败，如此下去，只会让更多的人送命。李煜本就是文人，文人的心肠最是柔软的，他不愿江南的土地上再有人流血牺牲，他选择了放弃，任由宋军一路南下。

投降前一夜，李煜独自走进空无一人的宫殿，望着雕栏玉砌，满心悲伤。先祖打下的江山，即将葬送在他的手中，他将成为亡国之君，背负千古骂名，后人会评说他是贪恋文墨，不理朝政。所有的后果，他都想到了，然而，一切已成定局，谁也无法改变。

李煜拿起笔，却不知该写下什么，只好放下。他看向一旁的烛火，想过要火烧皇宫，让自己与这繁华一同灰飞烟灭，可最终没有那么做。毕竟，他不是孤家寡人，他还有那么多亲眷、知己、臣子。

他在宫殿内待了整整一夜，殿外跪满了文武百官，他们都在等待这个帝王最后的决定，是殉国，还是投降，或是殊死一战？

清晨，李煜疲惫地打开殿门，赤裸着上身，没有拿任何兵刃。大臣们已经明白了他的选择：投降。

他们跟随着国主，一路走到城门前，打开城门，城破，国亡，从此，再无南唐。

李煜被迫离开江南，踏上那片陌生的土地。离开那日，金陵的百姓都来相送，望见百姓平安无事，他便觉得自己的选择是正确的。

秋叶落了一地又一丛的红，落满了那条凄美的路。此时的南唐不似当年的繁华，萧条的庭院中已不见故人的脚步。

宋军将他押送到汴京，大宋皇帝封他为违命侯，虽衣食无忧，但如同囚犯般屈辱。经历了国破家亡，纸上原本清雅的墨迹已变得饱经沧桑，他的身边不再是花团锦簇，破旧的心成了一处荒城。

时常梦回故国，回到繁华的江南，在梦中他忘记自己是俘虏，忘记国破家亡，他看到了金莲上跳舞的窅娘，看见娥皇的红袖，可醒来，听着帘外细雨潺潺，他才知道那不过是场梦。

他写下《浪淘沙》：帘外雨潺潺，春意阑珊。罗衾不耐五更寒。梦里不知身是客，一晌贪欢。独自莫凭栏，无限江山，别时容易见时难。流水落花春去也，天上人间。

词中再无繁华，取而代之的是悲痛。他已然失去了一切，江山、美人，都不属于他。

又逢七夕，他的生辰、往事还有多少人记得？昨夜，小楼又吹着和煦的春风，清风明月之夜，又想起故国，回忆带来阵阵伤痛，让人难以承受。

他曾居住过的地方，可还一切如初？雕栏玉砌应该还在，只可惜，人已经不似当年，弹指之间，物是人非，最终，只能叹息道："问君能有几多愁，恰似一江春水向东流。"

李煜提笔写下这首《虞美人》，让府中歌姬将这首词唱出，歌姬有情，琴师有意，皆不忍唱。每个人都清楚侯府中暗藏着皇上的亲信，若今夜唱此词，必然会为李煜引来杀身之祸。

无奈之下，李煜缓缓走到古琴旁，弹奏着忧伤的曲调，《虞美人》已成歌。旁人情不自禁地跟着唱起，呜呜咽咽，满堂苍凉。

江南是否还依旧笼罩在烟雨中？旧时的皇宫可还能寻到他的

笔墨？那里的百姓可还记得他？早知自己再也回不去江南，他离开时就该多看一眼亭台楼阁，将江南藏于记忆中。

如今的盛世与他无关，那是赵家的江山，他只是个外人。这是他最后的诗篇，也是内心中的呐喊。他已经无家可归，世上再无牵挂了。

一曲唱罢，又是一曲，席上之人无不哀伤落泪。这泪为故国而流，为自己而流。

国破后，他们这些曾经的王孙贵族便成了无家之人，再也回不去那如画的江南。此情此景，唱着沉痛的词，怎能不思念故土？

正如词中所写，问君能有几多愁。他们的愁无法用言语表达，愁之深，如春水，在无尽的痛苦中流淌。

夜正深，府中来了几个不速之客，他们奉皇命赐牵机药。

闻得"牵机"二字，众人面色苍白如纸。此药乃剧毒，吃下去后，人的头部会开始抽搐，最后与足部佝偻相接而死，状似牵机，毫无尊严。

李煜拿起那颗小小的毒药，嘴角滑过哀伤的笑，从离开江南时，他便等着这一刻，想过会被斩首、凌迟，却唯独没想过牵机毒。这毒带来的痛苦，会折磨他数个时辰，直到他断气，可见那位帝王是恨他入骨。

有人想为李煜进宫求情，却被他拦下。逃得了今日，逃不过明日，与其苟活于世，不如就此离去。他不是越王勾践，即便卧薪尝胆，也无法复国。他的存在对于大宋皇帝来说就是威胁，今夜，他必须死。

当服下牵机药的那一刻，他的心并非恐惧，而是平静。终于了却红尘千万梦，魂归故里，便是最好的结局。

江南，细雨连绵，雨水顺着屋檐缓缓落下，一滴、两滴……碎了多少人的梦。闻得丧讯，江南百姓痛哭数日，始终不愿接受这残忍的事实。

李煜在位十五年，虽未让南唐国强，却真正做到了爱民如子，减免税收、免除徭役，宁可国库空虚，也不愿让百姓受苦。他虽亡了国，却得到了民心，终究没有辜负黎民。

人生在世，世事难料，他与世无争，不愿为帝，却还是坐上皇位。一步错，步步错，千古词帝，就这样被命运折磨得体无完肤。生于七夕，亡于七夕，从此，爱他之人，七夕佳节不求姻缘，只知悼亡。

白衣袖影，缥缈于人间，揉碎在词苑，半世流离，半世诗书，半世浮沉，这一生，满是遗憾，也满是深情。

倘若有来生，倒不如化为江南的一块瓦、雨后的一缕风，安安静静，远离世俗。

可惜，没有来生……

24.这次第，怎一个愁字了得

【南宋】声声慢——李清照

寻寻觅觅，冷冷清清，凄凄惨惨戚戚。乍暖还寒时候，最难将息。三杯两盏淡酒，怎敌他、晚来风急？雁过也，正伤心，却是旧时相识。满地黄花堆积，憔悴损，如今有谁堪摘？守着窗儿，独自怎生得黑！梧桐更兼细雨，到黄昏、点点滴滴。这次第，怎一个愁字了得！

寻寻觅觅，冷冷清清，凄凄惨惨戚戚。

十四个字如一首凄婉的歌，徘徊迷离，沉入心底，勾起旧时的痛。故事还没开始，便让人觉得愁绪满怀，词人在寻觅着什么？为何到最后都成了凄惨冷清？那必定是一段沉浸着伤痛的往事。

李清照，出身于书香门第，父母皆是才德高尚之人，她自小便文采出众，诗词歌赋，无所不晓，是闻名齐州的才女。

十八岁那年，她嫁给长自己三岁的太学生赵明诚为妻。二人皆是才华非凡的温柔之人，婚后，他们赌书泼茶，研究金石，成就一代佳话。

那段时光弥足珍贵，甜蜜与幸福包裹着她，笔下的诗词清丽宁静，尽是小女子的闺阁之怨，没有真正的大喜大悲，生活中最大的烦恼便是小别后的相思。

然而，一场战乱，惊醒了才子佳人的梦，打断了二十多年的平静生活。

金兵攻陷青州，李清照与夫君不得不收拾行李，躲避战乱。

一路上，她见到了太多的百姓无家可归，当时的她并未想过，有朝一日自己也会流落到那种下场。

整整两年，他们一直颠沛流离，从一座城走到另一座城，还未来得及停歇，便又要启程。经历一路的风雨，二人彼此相依，也就无所畏惧。

南渡后，赵明诚忽然病重，身为朝廷命官，面对着家国破碎，却无能为力，终日忧思郁结，辗转于病榻。李清照心中已知他时日无多，她唯一能做的便是陪伴。

她悉心照顾着夫君，只盼他能多在人世间留几日，同她谈谈诗词，聊聊往事。若君离去，云卷云舒还有何人陪她看？不敢想没有他的日子，每每想到，都会忍不住垂泪。

情之深，爱之痛，所爱之人还是离她而去。

赵明诚过世后，李清照独自收拾着夫君留下的金石书画，望着窗外的落花，满目悲凉。失去了最爱的人，剩下的日子，她只能独自飘零。

路经绍兴，她租下一位钟姓士子的屋子，想平静地度过一段日子，无人打扰，一心研究金石。可谁料，竟招来了贼人。一夜之间，书画古卷被盗，那是赵明诚一生的珍藏与心血，承载了她无数的回忆。

自他离世后，每当思念他，李清照便会拿出金石，紧紧地握在手中，就好像他还在世一样。如今，旧物被盗，让她如何对得起亡夫？

为了寻找丢失的东西，她公开悬赏。几日后，那姓钟的书生拿着十八轴画卷来领赏，至此真相大白。多么讽刺，盗贼竟是她信任的人。

没有证据，便不能报官，她只能花钱将画卷赎回。这个乱世，她还能相信何人？

心中的痛难以排解，她大病了一场，病时神志模糊，只记得身旁有人一直在照料她。她睁开眼，看见的是一个叫张汝舟的男子。

人在生病的时候太脆弱，心也如棉絮般柔软，陌生人对她的一丝温情，也会让她感动。于是，她错把一时的关怀当成了爱，酿成了另一段悲剧。

病愈后，她将自己的后半生托付给了张汝舟，以为他会如赵明诚那般呵护自己，可谁料，婚后的张汝舟慢慢地露出小人的嘴脸。

张汝舟本不是善类，接触李清照，骗取她的信任，这些都是他的阴谋，他真正的目的是想将李清照手中的金石古玩占为己有。

可这些金石是赵明诚留给她的遗物，她视之如生命，怎能轻易给他人？李清照不肯将金石交出，张汝舟恼羞成怒，丑恶的本性一点点暴露，对她或打或骂。

这样的日子，生不如死。张汝舟偏偏又不肯休了她，想方设法地折磨着她。若想脱离苦海，就必须让朝廷治罪于张汝舟。

终于，李清照忍无可忍，揭发了张汝舟科举作弊之事。根据宋代《刑统》的规定：妻告夫，虽属实，仍须徒刑二年。也就是说，李清照告发张汝舟，无论对错，她都要坐两年牢。她没有选择，宁愿坐牢，她也不愿再继续这段婚姻。

牢狱中，她并不后悔自己的所作所为，唯一后悔的就是不该嫁给张汝舟。这段婚姻太荒唐，从头至尾都是一场错误。

闻得李清照入狱，不少朝中官员施以援手。九日后，她被释放出狱。这短短九日的牢狱之苦，足以让李清照想清楚自己的未来。

她性情孤傲，巾帼不让须眉，又何必执着于男女之事？风花雪月终成空，倒不如一身素衣，漂泊于江湖间。

风风雨雨，她四处流亡，天下之大，却再也无家。

冷秋时节，她躺在榻上，久久不能入眠。她已经许久未曾安稳地入睡，若睡去，或许还能在梦中逃避着现实，可偏生睡不着，也入不了梦。

早已习惯了漂泊无依的生活，可当乍暖还寒时候，她还是会伤感，忍不住想起离世多年的赵明诚。

依旧记得当年廊下读诗，楼中对弈，他为她画眉，她为他束发，如此静好的岁月匆匆而过，回首往事泪千行。

秋风袭来，心上又添悲伤。她身披寒衣走到桌前，为自己斟满一杯淡酒，仰头饮尽，都说借酒消愁，可她心底的愁却并未消散。

举杯消愁愁更愁，她的愁岂是三杯两盏淡酒能消解？纵然大醉十日，也无法忘却心中的愁苦。

风正劲，天边传来孤雁的哀鸣，那声音划开了她未结痂的伤口。她何尝不是那只大雁，脱离雁群，无依无靠，再也找不到回家的路，只能在陌生的城池，阵阵哀鸣，却也无人能听到。

雁鸣声如此熟悉，仿佛旧时相识。她记得，那年赵明诚病重，自己也曾听到过这样悲伤的鸣叫声。想到这里，更是伤心。

她走出屋子，想看看这只雁儿飞去了何方，可刚出门，便看到满地憔悴的菊花。花瓣落在尘土中，还有谁愿意摘下它？

看到黄花，又想起一桩旧事。那时候，她刚嫁给赵明诚，新婚燕尔，却无奈分隔两地。正逢重阳佳节，李清照写下《醉花阴》寄给远方的夫君，他看到了词后，想写一阕更好的词胜过她。于是，闭门谢客，三日未合眼，作词数十阕，让人评鉴，旁人读过后，都认为"莫道不销魂，帘卷西风，人比黄花瘦"最佳。

黄花还在，只可惜物是人非事事休，她已然不是花信年华的窈窕淑女，她知道自己老了，满鬓白发，手掌的皱纹如树皮般干枯。如今的她，连对镜的勇气也没有，不敢看苍老的容颜，不愿承受光阴在身上的痕迹。

不愿再看这些伤情的黄花，她回到了屋中，独坐在窗前，想这样静静地坐到天黑，不去想任何事情，就这样守着窗，等待着黑夜。

终于熬到了黄昏，又听见外面点点滴滴的雨声，雨水落到梧桐叶上，那声音碎了人心。

下雨了，今夜，怕是无论如何都无法入梦。此情此景，又怎能用一个"愁"字概括？

她提起笔，在纸上写下三个字《声声慢》，第一句该写什么？是清秋，还是写孤雁，或是黄花？这些都无法表达她此刻的心，最后，唯有叹一句："寻寻觅觅，冷冷清清，凄凄惨惨戚戚。"

这首《声声慢》再没有少女时的清新淡雅，字里行间透着一股悲凉，宛如杜鹃啼血，声声凄婉。心上的伤口还未愈合，便添了新伤，往后的日子，让她如何熬过？

依稀记得黄梅戏《李清照》中最后的片段：一个小女孩手中拿着莲花，背诵着李清照的那首《如梦令》："常记溪亭日暮，沉醉不知归路。兴尽晚回舟，误入藕花深处。争渡，争渡，惊起一滩鸥鹭。"

或许，每个诗人都曾有过这样的经历。垂老之时，听着陌生的少年吟咏自己的诗句，心中涌起无限哀伤。

年少的时光一去不复返，她再也不能误入藕花深处，惊起一滩鸥鹭。

她一生无子，老无所依，真的是女子无才便是德吗？

不，不是的！她从未做错任何事情，是时代错了，风雨飘摇的大宋，让多少落叶在风中飘零，无处归根？

赏丹青，入词境

抖音扫码

25.泪洗残妆无一半

【南宋】《生查子·元夕》——朱淑真

去年元夜时，花市灯如昼。月上柳梢头，人约黄昏后。

今年元夜时，月与灯依旧。不见去年人，泪湿春衫袖。

　　这首词的原作者还存在争议，有说是朱淑真所作，亦有说是欧阳修作，还有人认为是秦观作。

　　第一次读这首词时，便觉得如此细腻的情感，应该是女人所写。将它当成朱淑真所作，是为了更好地讲故事。

　　写李清照时，曾提到一句话"古今才女都不幸"，细细想来，这句话也并非无道理。无论是乱世中的蔡文姬，还是生于盛世时的薛涛，都无法左右自己的命运。一直觉得朱淑真是比李清照还凄惨的词人，李清照前半生还有赵明诚相伴，可朱淑真连相濡以沫是什么滋味都不知道。

　　她生于钱塘，从白居易的《钱塘湖春行》便能知晓，那里白云低垂，落英缤纷，绿杨掩映着白沙堤，生于如此秀丽之地，气质自然与旁人不同。

　　江南女子，温婉中带着爽朗，这样的性情很是讨人喜欢。由于是官宦之家，年幼时她便可以跟随先生读书习字，少时的经历与李清照相似，整日手握着诗书，不知愁滋味，写下悠闲无忧的诗词。

　　古往今来的才女都会有一段刻骨的爱情，她也不例外，锦瑟年华，她遇到了此生的挚爱。

　　历史虽未记载她爱上了何人，但我想那男子应是玉树临风，德才兼备，一袭墨色衣衫行走在江南古巷间，折扇在手轻轻摇晃，飘逸若仙。

他们在如诗如画的江南邂逅，一见钟情，她爱上了翩翩君子，他爱上了袅袅佳人，爱情就这样渐渐萌芽。那时候，岁月无忧，他们的眼中只有彼此，唯愿地久天长。

可惜，朱淑真还未享受爱情的美好时，她的父母便棒打鸳鸯，许是因为那男子家贫，或是无权，总之，这段姻缘生生被斩断。

上元佳节，燃灯万盏，车水马龙，她偷偷离家，与恋人私会。烟花如此绚烂，二人却无心去赏，他们只想珍惜这短暂的相聚时光。趁着灯会未结束，再多看彼此一眼，再多说一句话。人海中，两人的眼中一片茫然，那些欢笑声都与他们无关，他们分离的命运仿佛已经注定，没人能够更改。临别前，千言万语都化为一句"珍重"。

她回到家中，提笔写下《元夜》："火烛银花触目红，揭天鼓吹闹春风。新欢入手愁忙里，旧事惊心忆梦中。但愿暂成人缱绻，不妨常任月朦胧。赏灯那得工夫醉，未必明年此会同。"

"未必明年此会同"，这句话将她心中的无奈与痛楚表现得淋漓尽致，明年的上元夜，他们还会相见吗？或许，早已相隔天涯，各奔东西。

他们的缘分已经走到尽头，终有一日，她会另嫁他人，而那个男子，也会有属于自己的家，各自嫁娶，再无牵扯。

那年，朱淑真由父母做主，嫁给一个小吏为妻。她恨父母，更恨世道，成亲之时也是心死之时，她身着火红的嫁衣，一步步走进夫家，每走一步，心头都在滴血。

封建主义不知害了多少这样的女子，明明满腹才华，清高孤傲，却要嫁给庸俗不堪的人，且生活在苦闷当中。

无情无爱的婚姻注定是失败的。婚后，她发觉夫君只知功名利禄，全然不懂她心中所想，甚至，那个男子都不会静下心来读一本书。

又是一年上元佳节，她提着花灯走在街上，依旧是喧闹声、爆竹声，她失落地望着身旁，那里空无一人。没有故人，也没有新人。灯火阑珊处，她的身影如此孤单落寞。

她望向转瞬即逝的烟花，目光流露着伤感，自己的爱情又何尝不是夜空中的烟花？太过绚烂，太过短暂。

这夜，她很晚才回到家中，屋内漆黑一片，无人为她留灯。她走进书房，写下了这首《生查子·元夕》，以此来祭奠那消亡的爱情。

上阕，她写的是去年元夜：去年元夜时，花市灯如昼。月上柳梢头，人约黄昏后。

去年元夜多么美好，灯火如白昼一般，明月升起在柳树梢头，那个人约她在黄昏后相见，共度良宵。

可惜，去年的相逢太过短暂、伤感，他们还未诉说衷肠，便要分别。即便如此，去年元夜对她还是意义非凡，足够她回忆一生。这便是爱情，无论是甜，或是苦，都是心中最重要的一部分，无法割舍。

下阕，便是今年元夜：今年元夜时，月与灯依旧。不见去年人，泪湿春衫袖。

今年的月光与灯光依旧如去年一样，可她再也看不到去年的那个人，她抬起衣袖，擦拭着脸上的泪痕，泪珠不知不觉间已浸湿衣衫。

去年的她，即便无助，也不会落泪，而今年，她却泣不成声。或许，是因为失去太多，压抑太久，她再也控制不住心中的愤恨。

当她写下《元夕》时，再无去年写《元夜》时的心境，她伤感地凝视着纸上的诗篇，并不担心夫君看见，因为他看不懂。

其实，朱淑真也曾尝试过接受这段婚姻，夫君远行，她曾写下过一封特殊的信，信上没有一个字，全是圆圈儿，并且附上一首《相思词》，正是对圈儿信的解释：相思欲寄无从寄，画个圈儿替。话在圈儿外，心在圈儿里。单圈儿是我，双圈儿是你。你心中有我，我心中有你。月缺了会圆，月圆了会缺。整圆儿是团圆，半圈儿是别离。我密密加圈，你须密密知我意。还有数不尽的相思情，我一路圈儿圈到底。

夫君读后，甚是感动，次日便乘船回归故里。可惜，这首圈儿词只能维持短暂的幸福，无法守住一世深情。没过多久，两人又回到了从前的生活，她已经筋疲力尽，不愿再为这场错误的姻缘付出更多，哪怕她付出生命，也是徒劳。

从《愁怀》中"鸥鹭鸳鸯作一池，须知羽翼不相宜"这句，便可看出她婚后的不幸。若两个人连共同话语都没有，试问如何白头偕老？那个男人只知仕途官运，从不知关爱体贴，当她说"清风明月"时，他答的却是"高官厚禄"。一个鸳鸯、一个鸥鹭，不同世界的人怎能在一起？即便在一起，也不会幸福。

她这样的女子，向往的应该是赌书泼茶的生活，与她相伴之人也应是青年才俊。可现在，她不仅面对一个粗鄙不堪的人，还要忍受这人的责备。

朱淑真曾写下《自责二首》：女子弄文诚可罪，那堪咏月更吟风。磨穿铁砚非吾事，绣折金针却有功。闷无消遣只看诗，不见诗中话别离。添得情怀转萧索，始知伶俐不如痴。

她不善针线刺绣，爱诗词文墨，便是有失女德，遭世人嘲讽。这首诗根本不是自责，而是她对封建礼教的嘲讽。

数年后，她难以忍受如此痛苦的生活，决定离开夫家，回娘家度日。她以为自己脱离苦海，可事实上她的心没有半点轻松，半生痛苦，并非一朝一夕能够解脱。

我们并不知道她到底经历了什么，不过可以试着猜想一番。一个回到娘家的女子，街坊四邻会如何评价她？不守妇道，还是被人抛弃？甚至，有些人还从她旧时的诗词中，猜测她对旧爱余情未了，与那人私下幽会。或许，她仅仅是与故人重逢，匆匆见一面，发乎情止乎礼，却被旁人添油加醋说成红杏出墙。总之，那个时代，她必会承受无数的流言蜚语。

朱淑真孤独了一辈子，忍受了一辈子，怨恨了一辈子，最终抑郁而亡。抑郁而终，这四个字太过沉重，一个好端端的人死于心病，也有人说她是投水而亡，总而言之，她还是没能逃过命运的枷锁。

她的词集名为《断肠词》，断肠人作断肠词，词未成，泪先尽。

看到断肠二字，便会想起《神雕侠侣》中的断肠草，用断肠草解情花毒，以毒攻毒，肝肠寸断，爱得越深，痛得越深，这份情注定要用痛来了断。

那么朱淑真，到底用了多久才忘记最初的爱呢？十年，还是二十年？世间唯有情最让人难忘，她没有断肠草，却写下一首首断肠词，来了断这悲伤的一生。

细细想来，她最痛苦的并非嫁给不爱之人，而是她的才华无法被那个时代所理解，甚至连她的父母都厌恶她的文辞，在她离世后，将她所写的诗词全部焚毁，唯有少部分流传民间。

倘若她没有活在那个时代，又或者她身旁的人能够善待她，都不会造成红颜薄命的结局。

希望有朝一日，如她那般的可怜人，可以被世人所理解，可以被爱人所珍惜。只愿，爱能包容一切。

26.一怀愁绪，几年离索

【南宋】钗头凤·红酥手——陆游

红酥手，黄縢酒，满城春色宫墙柳。东风恶，欢情薄。一怀愁绪，几年离索。错、错、错。

春如旧，人空瘦，泪痕红浥鲛绡透。桃花落，闲池阁。山盟虽在，锦书难托。莫、莫、莫！

这是一段耳熟能详的故事。

故事主角并不陌生，陆游、唐琬，都是名门之后，青梅竹马的才子佳人，奈何有缘无分，有情人终不能成眷属。类似这样的故事太多太多，比起故事中的人，人们更关心故事的内容。这一次，想仔细地写故事中的人。

陆游，出身于名门望族，祖父陆佃，师从王安石，官至尚书左丞，其父陆宰，北宋末年出仕，奉诏入朝时走的是水路，在淮河舟上喜得贵子，取名陆游。生于江河之上的陆游，仿佛注定了一世漂泊。后来，金兵南下，北宋灭亡，陆家跟随皇帝逃难。那一年，陆游年仅四岁，却要经历国破、流离。或许是幼年之时经历了太多的风霜，南渡后，他变得性情沉郁，沉默寡言。直到初遇唐琬时，受伤的心灵才渐渐被她的温柔所治愈。

唐琬，江南才女，是郑州通判唐闳的独生女儿，父母将全部的爱倾注在了她身上，她自幼乖巧懂事，典型的大家闺秀，族中长辈都十分喜欢这个女孩子，陆游的母亲唐氏也不例外。所以后来，陆家以一枚精美华贵的家传凤钗作为信物，与唐家定下亲事。

这两家原本相隔千里，一南一北，若是没有战争，陆游与唐婉也不会相识。风雨飘摇的年代，唐婉便是陆游生命中的一缕春风，温暖着他的心。

陆游天资聪颖，十二岁便能作诗写赋，以恩荫被授予登仕郎之职。恩荫又称世赏，是古代世袭制的一种变相，因上辈有功，便给予下辈官职。他年纪尚小，便被如此重视，可见日后前途无量。

那些年，两人一同读书品茗，既是知己，又是恋人。只等着两家长辈应允，她便可成为他的妻子。陆游二十岁那年，与唐婉成婚，彼此期盼着鸳鸯共白头。

婚后，二人琴瑟和谐，依旧如婚前那般恩爱，共读诗书，难舍难分。如此深情引起了陆母的不满，女子太过聪慧机敏反倒不讨人喜欢。

陆母唐氏绝非普通妇人，她是北宋宰相唐介的孙女，生于官宦之家，经历自然与旁人不同。她目光长远，清楚陆游需要什么样的妻子，贤惠就好，无须才华横溢。在陆母眼中，唐婉便是红颜祸水，为了陆游的仕途，她必须做恶人。

据南宋刘克庄的《后村诗话》里记载，陆母以"恐其惰于学也"之由，逼陆游休妻。陆母怕陆游沉溺于儿女私情，耽误了学业。

有人觉得陆母嫌弃唐婉的真正原因是唐婉无法生育，其实，以陆游当时的家庭背景，即便唐婉无法生育，也可以纳妾，但陆母没有安排陆游纳妾，而是选择休妻，可见她对唐婉极其厌恶，片刻也不愿将她留在家中。

陆游当时的年纪也不过二十左右，涉世不深，经历颇少，凡事无法做主，只能听从母亲的命令。他的羽翼尚未丰满，如此软弱，甚至连深爱的女子也留不住。

每个人或许都会有一段这样的经历，面对违背意愿的事情，无法反抗，不是缺乏勇气，而是没有能力。

一纸休书并未将两人彻底分开，陆游曾将唐琬安置在别院中，偷偷与她来往。这做法太不成熟，私下来往，瞒得了一时，却瞒不了一世。

没过多久，此事便被陆母察觉。陆母行事谨慎，没有立即将唐琬赶出别院，而是命陆游另娶王家千金为妻，用这种办法斩断他们之间未了的情缘。

不知陆游为何要应下与王氏的亲事，或许是受了母亲的威胁，又或许是出于无奈，总之，他娶了王氏，娶了一个自己不爱的女子。

唐琬心中应是怨恨陆游的，她努力坚守着这段爱情，哪怕被休弃，也不顾自己名节与陆游私会，可陆游还是离开了她。

陆家再无唐琬容身之地，她含泪归家，遵照父母之命嫁给了赵士程。

赵士程本是皇室后裔，为人谦和重情，对唐琬更是痴心一片。他不顾世俗偏见，娶了被休的唐琬为妻。明知唐琬与陆游伉俪深情，也无怨无悔，他愿意成为唐琬手中的一把伞，为她遮风挡雨，默默地守护她一生一世。

唐琬出嫁后，陆游便进京赶考，取为第一，因位居秦桧的孙子秦埙名之上，得罪秦桧，仕途不顺。

数年后，陆游再去沈园，感触颇多，他走在熟悉的青石板路上，嗅着花香，心中满是伤感。忽然，他望见不远处一个熟悉的身影，那是他曾经的爱妻唐琬。

唐琬站在赵士程身旁，她看到了陆游，却不敢上前。如今，她的夫君是赵士程，无论她爱不爱这个人，为了赵家颜面，她都不可与陆游牵扯不清。

赵士程知道二人余情未了，他拿起一杯酒，递到唐琬手中，轻声道："重逢不易，去敬他一杯酒吧！"

唐琬感激地接过酒，缓缓走到陆游面前，这杯酒，代表了这些年的相思，代表了未了断的深情。

陆游将酒一饮而尽，二人皆落下苦泪，千言万语哽在喉中，终是沉默。因怕勾起伤心的往事，所以他们谁也不愿多说。

唐琬走后，陆游在墙壁上写下这首《钗头凤》，将那些未说出口的话写在诗中。

"红酥手，黄縢酒，满城春色宫墙柳。"他们的重逢美好又伤感，她红润的手端着酒，姿态亦如当年美丽，可此时她如那宫墙中的绿柳，遥不可及。

当年，他们被迫分离，一场欢情变薄情，离别数年，满怀愁怨，他无时无刻不在怨恨自己年少的软弱。

错、错、错，这段错误的感情毁了四个人，陆游、唐琬、赵士程、王氏，谁也不曾幸福，谁也不曾欢喜。到底是谁错了？是陆母唐氏，也是陆游。

满园春色依然如旧时，可人却不似当年，她消瘦了许多，面容憔悴，这些年她虽锦衣玉食，却过得并不如意。那眼中流出的千行泪，更如利刃般刺痛陆游的心。

桃花落尽，池水干涸，相爱的誓言虽在，可心中的爱却无法表达。"山盟虽在，锦书难托"寥寥八字，便已将他的痛写出。他已失去了爱的资格，何必再将爱说出口，让她徒增烦恼。莫、莫、莫！罢了，罢了，一切都已无法挽回。

陆游写下休书时是无能为力，写下这首诗时是无可奈何。官场失意，情场失意，他从未如此脆弱过，脆弱到不敢亲口告诉她，他还牵挂她。

一年后，唐琬再次来到沈园，她看见陆游的题词，顿时泪如雨下。她错过了整整一年，如今才看到墙壁上的词，太晚，一切都太晚。

此时的唐琬已经身患重病，气若游丝，即便有心去追寻爱情，身体也不允许。

她提笔，在旁和了一阕《钗头凤》：世情薄，人情恶，雨送黄昏花易落。晓风干，泪痕残，欲笺心事，独语斜阑。难！难！难！人成各，今非昨，病魂常似秋千索。角声寒，夜阑珊，怕人寻问，咽泪装欢。瞒！瞒！瞒！

她一生太难，心事无法诉说，最终，那份思念与深情，也只能瞒！瞒！瞒！

当赵士程看到唐琬的《钗头凤》时，又何尝不心伤？他对唐琬多年的深情，终究不敌一首《钗头凤》，哪怕他付出再多的爱，也从未得到过她的心。

同年清秋，唐琬带着遗憾离开了薄情的人世，赵士程终身未续弦。

此后，陆游北上抗金，在战场、官场，风风雨雨几十年，经历过暗潮涌动，感受过刀剑风霜。"夜阑卧听风吹雨，铁马冰河入梦来。""遗民泪尽胡尘里，南望王师又一年。""出师一表真名世，千载谁堪伯仲间。"他的心越来越坚韧，却还是无法原谅自己。他负了唐琬，这颗心永远也无能释怀。

陆游年迈之时，住在沈园附近，每次入城，必定登寺眺望。如今，几十年过去，墙壁上的字已然模糊不清，可他还是老泪纵横。

《沈园二首》

其一：

城上斜阳画角哀，沈园非复旧池台；

伤心桥下春波绿，曾是惊鸿照影来。

其二：

梦断香消四十年，沈园柳老不吹绵；

此身行作稽山土，犹吊遗踪一泫然。

不知不觉，她离世已四十年，他站在桥上，望着春水碧波，思绪回到年少之时。曾经，他们二人在此共读诗书，湖水映着她的倩影，她一颦一笑都那么美。这么多年过去，他依旧没有忘记他们的故事。

又过了数年，年迈的陆游已不能行走，路途如此近，却难行一步。风烛残年的他只能在梦中回到沈园。

《梦游沈园》

其一：

路近城南已怕行，沈家园里更伤情；

香穿客袖梅花在，绿蘸寺桥春水生。

其二：

城南小陌又逢春，只见梅花不见人；

玉骨久成泉下土，墨痕犹锁壁间尘。

梦中，沈园盛开着梅花，可惜，只见梅花不见人，故人已经化为尘土。他多想在梦中与她见一面，可她却未入梦。

他想，或许她还在怨恨他吧！怨他当年的软弱，怨他背弃了誓言，怨他离去多年。

八十四岁那年，他自知时日无多，那年春，在下人的搀扶下，他再游沈园，为沈园写下最后一首诗：沈家园里花如锦，半是当年识放翁。也信美人终作土，不堪幽梦太匆匆！

唐琬离世六十余年，依旧被人爱着，念着。穷尽一生爱一个人，哪怕地老天荒，也不曾断。如此执念，只佩服陆游一人。

次年，陆游病逝，带着对唐琬的爱，永远离开。

这段故事到这里才算结束，故事中每个人都得到过爱，也爱了一生，可为何结局会如此凄惨？究竟错的是人，还是时代？

27.繁华浮生伴

【北宋】青玉案——贺铸

凌波不过横塘路，但目送、芳尘去。锦瑟华年谁与度？月桥花院，琐窗朱户，只有春知处。

飞云冉冉蘅皋暮，彩笔新题断肠句。若问闲情都几许，一川烟草，满城风絮，梅子黄时雨。

喜欢雨天漫步在古巷，听着雨水落到屋檐的声音，淅淅沥沥，在安静的午后，极易入耳，勾起一缕缕淡淡的忧愁。这时候，总会想起戴望舒的《雨巷》："撑着油纸伞，独自彷徨在悠长、悠长，又寂寥的雨巷，我希望逢着，一个丁香一样地结着愁怨的姑娘。"

倘若，诗人真的遇到了这样一位姑娘，该怎么办？

不知戴望舒有没有遇到丁香花一样的姑娘，但贺铸真正地遇到了这样的女子。

花开如梦，一季一浮生，爱如陌上生出的紫藤花，蔓延出无尽缘。对于贺铸来说，纵使沧海桑田，赵氏也依旧美好如初见。

贺铸祖七世皆任武职，他自幼习武，心怀侠道。十七岁时，他离乡去往汴梁任职。授右班殿直，监军器库门。在那里，他由于长相丑陋凶悍，受尽世人冷眼。人们时常唤他"贺鬼头"。

赵氏乃皇族一脉的宗女，她是藏于闺阁中的花鸟，锦衣玉食，无忧无虑。贺铸时常远远地望着那抹华丽的身影，期望着她在风中驻足，为他停留。然而，等待总是没有尽头，他凝视着那背影一年又一年……

"那是济国公家的千金，莫要妄想！"同僚们一遍又一遍提醒着他，扑灭他心中燃着的光。

夜里，望着远处的古巷，他提笔写下这首《青玉案》。

那轻盈的女子翩然走来，却从不愿路过他门口的横塘路。日日目送着佳人离去，何时才能共度良宵？年少公子对佳人一见倾心，然而却不敢上前，只能目送着她离去。锦瑟年华能与谁人共度？他想知道她来自何处，是月桥花院，还是朱门府邸？或许只有春风才知晓。

云卷云舒，暮色将至，他提笔写下断肠词，若问闲情又几许，就像那一川烟草，满城的飞絮，梅子成熟季节的绵绵细雨。

这首词的意思就是这样简单明了，宛如一首夹杂着忧愁的情诗，缓缓将心中的爱意道来。

他的词不矫柔，不做作，正如他的爱一样真诚。

或许是苍天听到了他的乞求，终于成全了他的一片痴心。杨柳古巷，细雨留住了伊人的脚步，低眉浅笑乱了英雄心。江南的烟雨藏着两人初见的话语，芳心终有了归处。

缘分来得不早不晚，刚好能成就这番姻缘。

贺铸自知相貌丑陋，恐唐突佳人，便有意疏远，可赵氏倾慕其才华，非君不嫁。自她读了贺铸的那首《青玉案》后，更是夜夜不能寐，从未想过自己的一颦一笑竟会让某人如此牵挂。佳人也爱上了才子，她愿意为了他抛下繁华的生活，陪着他同甘共苦。

许久之后，两人终于摒弃世俗偏见，执意结成良缘。鸳俦凤侣，连理同心，女子最好的归宿莫过于执子之手，与子偕老。她明知夫君为人耿直，得罪过不少显贵，还执意下嫁贺家。

　　在那个时代，嫁出去的女儿泼出去的水，哪怕在夫家饿死，娘家人也不会给予帮助。毕竟，路是他们自己选择的，是苦是甜都要他们自己品尝。

　　婚后，两人的日子实在清苦。赵氏出身名门，自小便锦衣玉食，哪里受过这样的委屈？从天堂一瞬间跌入地狱的感觉并不是人人都能忍受，可赵氏偏偏就忍了下来。

　　对于贫寒的生活，赵氏从无半句怨言。夏日酷暑，她便翻出贺铸的"百结裘"打补丁。所谓的百结裘便是很多补缀的皮衣，一针一线系着爱怜。贺铸不解，冬日尚早，妻子为何如此性急？

　　赵氏解释道："相传古时有人临到女儿快出嫁了，才急忙去请郎中医治女儿脖子上的肿疮。若是冬衣要穿时再补，不同那古人一样痴傻？"

　　她曾是十指不沾阳春水的富家千金，从不知贫穷是何等滋味。如今，却要身着粗布麻衣，为柴米油盐发愁。每当望见夫人日渐憔悴的身影，贺铸的心中都泛着感动。常言道：贫贱夫妻百事哀，可这份"哀"未在他们身上见到分毫。

　　寒冬腊月，他身着百结裘，纵使冷风阵阵，心依旧是万分温暖。富贵锦衣不如手中线，世间繁华不如避风破窑。下朝回府，能遇见一个人，递上一盏茶，闲谈一桩事，如此便已知足。晨起，为卿画眉；寝时，为君脱冠。无论何时，身处何地，都彼此惦记着那抹温柔。十年如一日，不厌倦、不疲劳。

　　那日夜晚，他正欲就寝，却发觉床榻之上多了一双金缕枕。她操持家事从来都如此周到，从不需他过问。如此贤妻，夫复何求？他亏欠赵氏太多，给不了她锦衣玉食，甚至还让妻子与自己一同受苦。

他时常与妻子谈起此事，话语中露出愧疚之意。赵氏闻言只是淡然一笑，紧握着夫君的手，情在此处便生花。今生有缘结为夫妻，自当相互扶持。何为亏欠？越是在乎便越觉得亏欠。倒不如放开自己，功名利禄、富贵荣华才能彻底地置之度外。

由于贺铸不喜阿谀奉承，在朝中时常受人排挤，婚后没多久便被外放任职。他不愿赵氏与自己离京受苦，便一人远走。

赵氏不舍夫君离去，她曾要动用娘家的势力在朝中多多提拔贺铸，但想到他性格耿直不阿，万万容不得这种事情，便就此作罢。她不愿做夫君厌弃之人，哪怕为此付出离别的代价，她也宁愿独自忍受孤独。

临行前，长亭送别，赵氏为他递去行囊，里面只有一件百结裘、一对金缕双枕。有这两物陪伴他，胜过无数金银细软。

独在异乡为异客，长夜寂寂，唯有相思。月光照进栏杆前，枕边依稀残留着桂花油香气，却唯独不见妻子的身影，辗转反侧难以入眠。他挥笔写下书笺：花院深疑无路通。碧纱窗影下，玉芙蓉。当时偏恨五更钟。分携处，斜月小帘栊。楚楚冷沉踪。一双金缕枕，半床空。画桥临水凤城东。楼前柳，憔悴几秋风。

愿这首词能带着一片真心寄到妻子手中，佳节千里共赏明月，隔着关山相思不减。鸿雁过，锦书托。赵氏收到书信之时已是一个月后，字字情义，含着无数话语。她并非才女，不懂如何吟诗作对，不愿用华丽的词赋诉说内心的情愫，所回之信尽是质朴之言。

她时常走在京城郊外，望着苏州的方向。此时的江南定是百花盛开，何日才能与夫君隐世？窗前的梧桐已开花，故人何时能归？待贺铸归家之时，她已忘记自己等待多久。花开花落，春去秋来，日月更替间已经苍老。

终于，她等到了夫君的身影，忍不住依偎在他的怀里。那些年相隔千里，只能书信寄相思，倚栏怀想，何等情深！

赵氏为贺铸育有一子，相夫教子，岁月如此静好。庭院中，赵氏绣花补袄，贺铸与孩子习武练字，四目相对，不需过多的言语，微笑颔首便足矣。他们偶尔也会走到横塘路，他会面带着羞涩地告诉赵氏，当年他是如何等待着她从这里路过。

美好的往事回忆起来，显得弥足珍贵。此时的赵氏已不再貌美，可他更爱那历经沧桑的容颜。褪尽铅华，凡尘中只剩下两人相濡以沫的誓言，不离不弃。

多年以后，赵氏离世。人生终有尽头，唯有留下之人心伤。他将妻子葬在郊外，让赵氏可以在山水之中自在逍遥，再不必理会凡尘俗世中的是是非非。他回到旧时相遇的横塘路，梧桐依旧，烟雨蒙蒙。青石板上仿佛能听到那熟悉的脚步声，俄而回眸的瞬间，人未去，情长存。

贺铸晚年隐居苏州，长伴妻子坟旁，他只愿这样一直陪伴着她。

廊前一砖一瓦绘着半生的点点滴滴，书尽闺阁中的语笑嫣然。展开宣纸，挥墨抒情，写下千古流传的悼亡词《鹧鸪天》：重过阊门万事非，同来何事不同归？梧桐半死清霜后，头白鸳鸯失伴飞。原上草，露初晞，旧栖新垄两依依。空床卧听南窗雨，谁复挑灯夜补衣？

　　落笔之时，心中除却哀愁，唯剩眷恋。想念她年少时轻盈的脚步，想念她成亲后眉上的青黛，想念她临终前眼中的温柔。

　　与君相知、相识、相恋，缘从最初便注定了一生相守。扶持半世，爱早已超越生死。

　　这个故事比任何生离死别的剧情都感人。

　　世人都依然很向往这样纯粹的爱，爱着灵魂，而不是外表。爱情轰轰烈烈过后，就该归于平淡。人会老，但爱不会散，短短数十年，相守已然不易。

　　我们来过，爱过，还有什么可遗憾！

28.十年生死两茫茫

【北宋】江城子·乙卯正月二十日夜记梦——苏轼

　　十年生死两茫茫，不思量，自难忘。千里孤坟，无处话凄凉。纵使相逢应不识，尘满面，鬓如霜。

　　夜来幽梦忽还乡，小轩窗，正梳妆。相顾无言，惟有泪千行。料得年年肠断处，明月夜，短松冈。

十年，太长，却不足以让人忘记伤痛。

爱之深，情之重，纵然沧海桑田，也不会有丝毫动摇。

初次看到这首诗，是在《神雕侠侣》中。金庸先生很擅长引用诗词来表达主角的心境。十六年后，杨过没有等到小龙女，路经酒馆时，看到墙壁上题的《江城子》，不禁黯然神伤，苏轼还可在梦中与亡妻相见，而杨过三天三夜不能合眼，连梦也做不到一个。

其实，梦到故人，又何尝不是一种痛苦？

那夜，苏轼又梦到了王弗。

夜来幽梦忽还乡，小轩窗，正梳妆。他梦见自己回到故乡，漫步在旧时的庭院，回眸便看见妻子在镜前梳妆。他已经尘满面、鬓如霜，可妻子还是年轻的模样。二人深情对视，千言万语却道不出，唯有化为千行泪流下。梦太短，情太长，他还来不及说句思念，梦便戛然而止。

醒来时，只听见窗外北风呼啸，明月夜，短松冈，这里不是

眉州，而是密州。如此幽静凄凉之地，连心碎的声音都能听见。年年梦回旧事，处处相思，寸寸断肠。

身居异乡的人最怕梦回故里，梦醒之后皆为空，心中的痛楚也不知对谁倾诉，只能化作缠绵的诗句。

他身披寒衣，提笔写下这首《江城子》。第一句，没有什么华丽的辞藻，仅仅七个字，便引人落泪。十年生死两茫茫，十年，一生一死，天人永别。不知不觉间，王弗已经离开他十年，逝者已矣，生者还要继续生活。

王弗离世后，苏轼续弦，再娶之人是王弗的堂妹王闰之，他整日忙于政务，朝中反对王安石新法，受同僚压制，郁郁不得志，家中父母相继离世，身心俱疲，少有静下心思念王弗的时候。但是不思念，并不代表忘记。

不思量，自难忘，十年风风雨雨，物是人非，他从没忘却与王弗的结发之情。

当年，他入中岩书院读书，天资聪颖，颇受师长王方的喜爱。读书之余，他总爱游山玩水，一次，偶遇绿池，望着如玉的湖水，不禁大叫："好水岂能无鱼？"于是，拊掌三声，立刻有鱼群浮出水面。

如此秀水，当有美名。众多文人雅士来此题名，可始终落俗，少了些自然灵动之气。苏轼缓缓在纸上写下三个字：唤鱼池。

众人看后，皆赞苏轼的才华。这时候，一个丫鬟送来一张红纸，低声道："这是我家小姐题的名。"

打开红纸后，上面写的竟然也是"唤鱼池"三字，众人发出惊叹：不谋而合，韵成双璧。

这位王姑娘不是别人，正是王方的女儿王弗。苏轼自来书院，便听闻过她的芳名，却未曾相见，经过题名一事，不禁暗生情意。

这仿佛是命中注定的缘分。自此之后，苏轼更爱来到唤鱼池，期盼能邂逅窈窕淑女。他日日在此读书、静坐，偶尔会听到有少女的欢笑声传来，循声找去，只是看见了一抹淡淡的身影藏于林中，飘逸若仙。

他听到丫鬟唤她为"小姐"，还听到她最爱的花是飞来凤。他知道那女子就是王弗，却因年少羞涩，迟迟不敢一见。

后来，他夜宿师长家中，夜里漫步后院时，望见正在窗前梳妆的王弗。她纤纤玉指握着檀木梳子，梳过如柳般的青丝。

时光仿佛停留在这一刻，他一生都将记得王弗窗前梳妆的模样。苏轼随手摘下一朵飞来凤，放到她的窗前，不敢与她对视，匆匆离去。

淡淡的花香飘散在屋中，王弗拿起那朵飞来凤，嘴角露出娇羞的笑容。其实，在很早之前，她便在唤鱼池旁，偷偷地看着他读书，只是碍于礼法，不曾靠近。

爱情的种子早已在他们的心中生根发芽，他们在最好的年华遇到彼此，郎才女貌，天作之合。无须父母之命、媒妁之言，只要对方一个坚定的眼神，便已足够支撑这段两情相悦的爱情继续前行。

那年，王弗身披凤冠霞帔，与苏轼拜天地，结良缘，此后余生，不离不弃。婚后，王弗终日陪伴在他身旁，她从未告诉过他自己曾读过书，却在他偶有疏漏时，细心提醒。本是才女，却不显山露水，默默地陪伴在身旁，犹如山间明月，用微弱的光照亮黑暗的路。

苏轼会客时，王弗总会在屏风后细心听着他们的谈话。待到客人离开后，王弗会详细说出对客人的看法，结果无不言中。由此可见，她善于察言观色，敏而谨，慧而谦，实在非寻常女子。

古今才女有许多，王弗的才华虽不及谢道韫、李清照，但她也是饱读诗书，她懂苏轼的志向抱负，也知他的缱绻柔情。

她伴他寒窗苦读，从寒至暑，从未离去。后来，他进京赶考，她在家中默默等候，两人分别异地，心中却时刻牵挂着彼此。

所幸皇天不负有心人，苏轼的文章得到了主考官欧阳修的赞赏，欧阳修预见苏轼的将来："此人可谓善读书，善用书，他日文章必独步天下。"

美好的时光总是匆匆而过，成亲也不过十一年，王弗便因病离世，年仅二十七岁。就是在这一年，苏轼的父亲苏洵也病逝，苏轼、苏辙兄弟还乡守孝。

生命中最重要的两个人离世，让苏轼悲痛万分。守孝三年，苏轼在埋葬王弗的山上，亲手种下了三万株松树，每一棵树都代表着他刻骨铭心的思念，他希望自己不在故乡时，这些树木能代替他长长久久地陪伴着妻子与父亲。

午夜梦回时，他总会以为王弗还在身旁，习惯性地唤着她的名字，可是回应他的是风声。渐渐地，他接受了她已经离世的事实，从悲伤中走出，直面前路的坎坷。

他娶了王弗的堂妹王闰之，那个女子贤惠温柔，却只知炊茶采桑，终究还是少了些才气。他很少在王闰之面前提起王弗的名字，不是因为薄情，而是不想滥情。在新人面前谈旧人，本身就是对新人的伤害。他将最深的思念藏于心底，地老天荒，也无法淹没她曾经来过的痕迹。

三年后，苏轼回到京城，重返朝堂。可惜，此时的朝堂早已并非当年的模样，王安石主张变法，苏轼与王安石政见不合，被迫离开京城。从眉山到京城，从杭州到密州，一路风风雨雨，陪伴在他身旁的不是王弗，而是王闰之。

苏轼在密州生活了两年有余，他是带着对朝廷的不满而来，心中的忧郁无法排解，直到那夜他梦到亡妻，想起往日的温情，心才渐渐从容淡定。

王弗在世时，就常与他谈论为人之道，心怀怨恨终究无法成大事，他身为朝廷官吏，即便身在密州，也应勤政爱民。

往后的岁月，他更应珍惜时光。那年，他在密州出猎，写下另一首《江城子》："老夫聊发少年狂。左牵黄，右擎苍，锦帽貂裘，千骑卷平冈。为报倾城随太守，亲射虎，看孙郎。酒酣胸胆尚开张。鬓微霜，又何妨！持节云中，何日遣冯唐？会挽雕弓如满月，西北望，射天狼。"

同一个词牌，或许就是想告诉亡妻，他在人世间过得很好，他虽到了不惑之年，心依旧如年少时慷慨旷达。

林语堂先生在《苏东坡传》中对苏轼的评价是："苏东坡是

一个无可救药的乐天派，一个伟大的人道主义者，一个百姓的朋友，一个大文豪、大书法家、创新的画家、造酒试验家，一个工程师，一个憎恨清教徒主义的人，一位瑜伽修行者佛教徒、巨儒政治家，一个皇帝的秘书、酒仙、厚道的法官，一位在政治上专唱反调的人，一个月夜徘徊者，一个诗人，一个小丑，但是这还不足以道出苏东坡的全部……"

人的一生很复杂，不是三言两语能够说清道明的。即便了解苏轼的生平，作为一个旁观者，也无法真切地体会到他本人的心境。他的深情、他的思念、他的软弱，让人能够真实地感觉到他并非诸事旷达，他是东坡居士，亦是有血有肉的普通人。

他一生遇到过许多女子，有的陪他共患难，有的与他偕老，但让他懂得爱情的只有王弗一人。这个女子的善良、柔情，让他善待了整个世界，原谅了所有伤害过他的人。

许多佳句，之所以让人一见倾心，是因为读者在某种感情上与诗人产生了共鸣。正如初读"十年生死两茫茫"时，多少人伤感叹息，黯然落泪？这首诗带给你的是似曾相识的感动，让你知道，千百年前，曾有人和你一样伤情。

红尘滚滚，唯有思念长久不息，唯有爱永无止境。

29.人生如梦，千古风流

【北宋】念奴娇·赤壁怀古——苏轼

大江东去，浪淘尽、千古风流人物。故垒西边，人道是、三国周郎赤壁。乱石穿空，惊涛拍岸，卷起千堆雪。江山如画，一时多少豪杰。

遥想公瑾当年，小乔初嫁了，雄姿英发。羽扇纶巾，谈笑间、樯橹灰飞烟灭。故国神游，多情应笑我，早生华发。人生如梦，一樽还酹江月。

苏轼写这首词时，他已因"乌台诗案"被贬黄州两年有余。

对于宦场沉浮、人生得失，他看得格外透彻，哪怕身处困顿，笔下的诗句也豪放不羁，宛如仗剑天涯的白衣少侠般潇洒。

黄州城外的赤壁矶，山水如画，苏轼与好友游于赤壁矶，清风吹拂着衣衫，望着那滚滚江水，大浪淘沙，他忽然想起乱世英豪——周瑜。

八百多年前，那位将军也曾站在赤壁之上，凝眸远望，指点江山。

舒城少年，出身士族，姿容俊秀，精通音律，擅抚琴。

一日，宴席之上，酒过三巡后，坐上之宾皆醉。

空灵的琴声缓缓响起，一弦一音，牵动着人的情绪。他们在琴声中，各自回忆着内心深处的旧事。

弹琴的女子也沉浸在琴音中，恍惚之间，指尖一颤，弹错了曲调。

女子慌乱地看向四周，生怕被主人责罚。好在旁人没有察觉，唯有周瑜转过头，深深地看向她。他的目光中没有责备，而是谅解。

周瑜对她淡淡微笑，如月光洒下一地清华。女子面色泛着微微红晕，娇羞地低下头，接着弹琴，音虽对，心却乱了。

后来，女子们时常故意弹错曲谱，只为博得周郎一顾。

自此，留下"曲有误，周郎顾"的典故，欲得周郎顾，时时误拂弦。

少年将军，雄姿英发，随孙策南征北战，立下汗马功劳。江东初定，身为江东之主的孙策时时处于危险之中，幸有周瑜时刻守在孙策左右，不离不弃，护江东安宁。

两个人既是君臣，也是知己。江东双璧，一同出生入死，征战四方，在乱世风云中为百姓争夺太平之地，打下自己的天下。那时的他们不过二十左右，少年英雄，旷世奇才。

这乱世就好像棋局，棋盘便是江山，君君臣臣，每个人都是棋子，只有彼此信任，将一颗真心捧出，方能成就天下大局。

在江东，周瑜不仅找到了明君，还遇到了此生的伴侣。

都说"河北有甄洛，江南有二乔"，庐江乔公有两个女儿，风华于乱世，倾国倾城。然而，乱世中的女子命运从来由不得自己，还好她遇见了他。

小乔比姐姐幸运，姐姐成了孙策的妾，而她成了周瑜的妻。乔公府邸，姐妹两个促膝而坐，小乔抚琴作歌，大乔暗自神伤。同样的江南美人，甚至姐姐的容貌要比妹妹出众一些，此时却差距如此之大。

"小乔初嫁了"的完美姻缘不知迷倒了多少人，就连大乔也羡慕妹妹的红妆花嫁。鸳鸯盖头被掀起时看到的那张温和笑着的脸，小乔知道自己嫁对了人。眼前这个人就是传闻中的周郎，不似武将那般粗野，他行事细腻，又温和待人，乱世中能遇到如此郎君，当真是幸事。

她以为他常年征战沙场，一定是个嗜血的人。没承想，他待她如此温柔。她是幸福的，嫁对了人，爱对了人。

周瑜自见小乔的那一刻，便钟情于她。她美得温婉可人，一颦一笑都牵动着他的心。他爱极了小乔，恨不得把世间一切的美好都给她。她是流落乱世的红颜，他是乱世的英雄，他对她执着专一，娶了她后终身没有纳妾。这样专情的男子无论是在古代还是在现在，都很难得。

他只愿与小乔一人白首不相离。他们是知己，是知音，琴瑟相和，不惧生死。即使是到生命的最后一刻，他心心念念的还是她。得此有情郎，人生又有何憾？他常常不在府邸，忙于征战。

她不后悔，有的人喜欢朝夕相伴的日子，但那些人大多过着平淡的生活。两情若是久长时，又岂在朝朝暮暮？她只愿点起一炷香，祈求神灵保佑他。

江边，残阳如血，周瑜望着江水东去，心中感慨万千。乱世中，他能寻找到属于自己的江山、美人，心中已然没有遗憾。

忽然，有仆人慌张地跑到他身旁，低声道："孙将军打猎时遇刺，中箭身亡。"

长年的战乱，让孙策累积了不少的仇家，这样的结果周瑜早已猜到，只不过，没有想到这一日来得如此快。

孙策才二十五岁啊！他的抱负、理想还未实现，上天怎么忍心夺去他的性命？

灵堂内，周瑜伏在木棺前，泣不成声，可恨自己未来得及见他最后一面。对于旁人来说，过世之人是江东之主，可对于周瑜来说，那可是他此生的挚友。

孙策过世，孙权继位。周瑜依然留在江东，不负孙策临终重托，尽心辅佐孙权，守护着江东黎民百姓。

赤壁之战，周瑜主动请战。身为三军统帅，他博采众议，先用黄盖的诈降火攻之计，凭借江风，火烧赤壁。

羽扇纶巾，谈笑间、樯橹灰飞烟灭。在苏轼的笔下，战争不是只有兵刃与鲜血，还有一颗勇者之心。这场战争让周瑜一战成名，名震江东。

然而，天妒英才，他终究难逃英年早逝的命运。一颗星就这样陨落，历史没有留下过多的语言，只知道那是建安十五年，周瑜正准备出征，路上却患了重病，病逝于巴丘，年仅三十六岁。

江东豪杰，就这样离开乱世，着实让人惋惜。曾想过，若周郎没有英年早逝，这三国的天下可能是另一幅局面。

后人为周瑜写下无数的诗篇，还是换不回他的琴声。再也没有人能像他那样儒雅，那样谦和。周瑜，还是成了史书上的一个名字。

一首《念奴娇》，成了千古绝唱。

赤壁有文赤壁和武赤壁两处：文赤壁在黄州城外，因苏轼的《赤壁赋》而得名；武赤壁在蒲圻县，东汉末年赤壁之战就是在此发生。

虽然名字相同，却绝非一处。所以，苏轼在词中强调"周郎赤壁"。

苏轼笔下的赤壁之战，万丈豪情，让人情不自禁地想重回乱世，与周瑜并肩而战。千载周公瑾，仿佛就在眼前，英风挥羽扇，烈火破楼船。

　　周瑜在乱世中收获了名与爱，可苏轼身处太平盛世，仕途却几经波折。他这一生最大的劫便是乌台诗案，只因写下《湖州谢上表》，便遭人诬陷，扣上了讽刺朝廷的罪名，无辜入狱。

　　在狱中，苏轼自知九死一生，早已为自己准备好了毒药，只等圣上的旨意。所幸官场还有真情在，经过好友搭救，总算被释放，被贬为黄州团练副使。

　　虽有官职在身，却没有实权，更无自由。不得签署公事，不得擅离安置所，过着如犯人般被拘束的生活。

　　苏轼羡慕周瑜的能力与机遇，更羡慕周瑜遇到了明君。被贬黄州后，他知道自己的仕途已然没有希望，从此，他只能做个闲散之官，领着朝廷的俸禄，却不能为百姓、为天下尽心。这样的他比那些落榜的考生还凄惨。

　　他寄情于山水，对于赤壁，他有种情有独钟的喜爱，面对着白露横江，水光接天，难得的云淡风轻。想到自己的处境，他从郁愤变得坦然，心中有愁，又一次次自我排解。

　　即便官场失意，对于生活，他还是充满希望。

　　赤壁，让他领略了千年的历史沧桑，也让他明白了生命的真谛。万物皆在变化，唯有日月星辰亘古不变，倘若身处困顿，就不必强求，倒不如与自然为伴。

　　很喜欢《赤壁赋》中的一段话："惟江上之清风，与山间之明月，耳得之而为声，目遇之而成色，取之无禁，用之不竭。是造物者之无尽藏也，而吾与子之所共适。"

　　世间万物，不属于自己的不该去取，得不到的不能强求。江上的清风，听到了便成声音；山间的明月，看到了便成了形色。

唯有这些是取之不尽，用之不竭。此乃自然对人的馈赠，无穷无尽。

人生如梦，何必沉浸在苦闷当中？从始至终，他想要的不过是清风明月罢了。

清风徐来，水波不兴，苏轼品着清茶，此茶是甘苦还是清甜，都已不重要，重要的是他爱这茶纯粹的味道。天地苍穹，也不过是这浅浅杯中茶，弹指悠悠千载，瞬息万变，品不尽的是茶中的味道，道不完的是复杂的人生。

当心回归自然处，得也好、失也好，人生不过数十年，来去匆匆；成也罢、败也罢，转眼一切皆如烟，何必强求？尺寸之间，股掌之上，两千年的沧海桑田褪却了繁华，剩下的便是如水的平淡。

30.更那堪，冷落清秋节

【北宋】雨霖铃·寒蝉凄切——柳永

寒蝉凄切，对长亭晚，骤雨初歇。都门帐饮无绪，留恋处，兰舟催发。执手相看泪眼，竟无语凝噎。念去去，千里烟波，暮霭沉沉楚天阔。

多情自古伤离别，更那堪，冷落清秋节！今宵酒醒何处？杨柳岸，晓风残月。此去经年，应是良辰好景虚设。便纵有千种风情，更与何人说？

这一年，宋仁宗临轩放榜，看见柳永的名字，觉得甚是熟悉。

忽然想起柳永那首《鹤冲天·黄金榜上》："黄金榜上，偶失龙头望。明代暂遗贤，如何向。未遂风云便，争不恣狂荡。何须论得丧，才子词人，自是白衣卿相。烟花巷陌，依约丹青屏障。幸有意中人，堪寻访。且恁偎红依翠，风流事，平生畅。青春都一饷，忍把浮名，换了浅斟低唱。"

作词之人全然不将朝廷放在眼中，甚至宁愿把青春消磨在烟花巷，也不愿追求功名，对于科举制度，满是牢骚与抱怨。

想到这里，宋仁宗心中更是恼怒，斥责道："且去浅斟低唱，何要功名！"

既然如此喜爱吟诗作曲，何必考取功名！不如就此归去，从此不要进京赶考。

柳永又一次落榜，并且仕途一片黑暗，宋仁宗的一句话，朝廷从此便不会录用他。

对于那首词，心中满是懊悔。当初，他不理智地写下"青

春都一饷，忍把浮名，换了浅斟低唱"，酿成今日无法挽回的局面。若没有意气用事，或许他此时已经为官。

柳永失意地走在京都中，望着熟悉的街市，如此繁华，却与他无关。继续留在这里只会招来更多人的嘲笑，是时候离开了，去追寻自己的远方。

清秋时节，他决定离开京城，独自在客栈收拾着包袱，眼神暗淡无光，提不起半点精神。此时的心情极为复杂，不舍离开，又不得不离开。

原本简单的包袱，收拾了整整半个时辰。

临走前，又深深地望了眼自己住过的地方，虽是客栈，但他早已把这里当成了遮风避雨的家。

走出客栈，外面正下着雨，他与船家约定了时辰，不能耽搁，只好迎着风雨往长亭跑去。冰冷的秋雨落在他的身上，湿了衣衫，冷得彻骨，寒得入心。

他本以为不会有人来送自己，可长亭之上，却看到一抹熟悉的身影。

那女子穿着藕粉色的衣衫，窈窕又纤细的身姿，美目流盼，自有一股超凡脱俗气质，宛若皎皎明月。

她望见雨中狼狈的他，急忙撑着油纸伞迎了上去，口中责备他粗心大意，忘记带伞，可眼中满是关切。

他们来到长亭中，她拿起手帕，轻轻地擦拭着他额头的雨水。

这一举动，引起了周围人的不适。人们纷纷用鄙夷的目光望着她，大庭广众之下，举止如此轻浮，定然不是良家女子。

这些人猜得不错，她的确不是寻常人家的女子，很久之前，她便堕入青楼，每日搽脂抹粉，与文人饮酒作诗，早已习惯了旁人轻蔑的目光。她知道柳永离开京城有不得已的苦衷，自己无法挽留，只能来此送他最后一程。

她从来不在乎旁人如何看待她，她只想顺从本心，做真正的自己。她爱他，所以她来了，既然来了，又何必拘束？

他们相对而坐，听着雨声，深情地凝视着彼此。不需要过多的言语，此时无声胜有声，他们只想这样静静地待一会儿，想着往事，想着未来。

空气中弥漫着淡淡的湿气，让人觉得有一丝伤感。傍晚时分，外面的急雨刚刚停下，雨声骤停，秋后的寒蝉叫得格外凄切、急促，仿佛在催促着离人远行。

饯行本该饮酒，一醉解千愁。二人看着眼前的酒杯，没有半点痛饮的心绪。昔日，他苦闷之时，总会与她对酌几杯，将心中的愁说与她听，此刻，他心中依旧万分愁苦，却不敢说，怕留给佳人难过。

毕竟，他是要离开的人，她是送行的人，怎么可以让留下来的人痛苦？

蝉声越来越凄切，船上的人已经等得不耐烦，催促着出发。留给两个人的时间已经不多，他们互相紧握着彼此的手，眼中含泪，依依不舍，谁也不愿放手。

这一别，可能就是永远。千言万语都哽在喉中，说不出，也不能说。此时，哪怕说一个字，便会泪如雨下，无法控制自己的情绪。

他要去南方，走过千山万水，与她天南海北各一方。长路漫漫，千里迢迢，从此以后，他只能独自望着楚地的天空，身边再无她的陪伴。

自古以来，最让人伤心的事情就是离别。人们不得不去经历，这种经历与苦难不同，人不会在经历中变得坚强，只会变得痛苦。

正逢萧瑟清秋，这离愁的苦让人如何承受！他拿起酒壶，将那整整一壶酒饮尽，可心中却没半分畅快，酒入愁肠，愁更愁。

他缓缓松开她的手，一步步离开她，上了船，不再回头。他怕自己回眸看见她的泪，便不忍离去。

她站在江畔，目送着那船越行越远，泪水模糊了双眼，无声地滑落……

船上，柳永坐在角落里，他不知道自己酒醒时身在何处。或许是杨柳岸边，陪伴他的只有清晨的微风、黎明的残月。

此去经年，若无知己在身旁，良辰美景，也如同虚设。心中的情，又能对谁说？

怕离别，更怕离别后的日子，没有她，一切又有什么意义？他写下这首词，是想将那夜的离别永远留在心中，将那段感情珍藏于心中。

这个女子究竟是何人？词中并没有写出她的姓名，想来必定是陪伴柳永多年的红颜知己，看着他寒窗苦读，屡屡落榜，却依旧不相离。同时，她也是可怜人，无人为她赎身，没有自由，无法跟随柳永一同远走。她只能留在这里，默默为他祈福，愿他一世平安。

柳永离开汴京，他去了许多地方，如同一个无家的浪子，沉迷于烟花巷，醉生梦死，不理世事。

他本出身官宦之家、书香门第，只可惜过分沉溺旖旎繁华。其实，这一生他并未放下功名，他一直辗转于各地，希望有朝一日能够通达仕途。在漫长的追寻中，他也留下大量羁旅行役之词。然而，他本身又是纠结的，既迷恋烟花巷，又放不下仕途，鱼与熊掌岂能兼得？正如宋仁宗所言：且去浅斟低唱，何要功名！

若一直这样矛盾下去，即便为官，也不会造福百姓。倒不如就此做白衣卿相，一生任性潇洒，无拘无束。

直到垂暮之年，柳永才及第，历任县令、判官等职，皆是芝麻小官，潦倒一生。临终之时，无家室，无财产，如此凄苦。最后，是一班名伎凑钱将他安葬。

相传，出殡那日，半城的名伎都去吊唁，红粉佳人褪尽脂粉，白衣素缟，为这位浪子垂泪。

古往今来，为歌伎作诗填词的人数不胜数，但终归是逢场作戏，没有尽心。唯有柳永，能将她们的情与爱描写得那般细腻动人。从"衣带渐宽终不悔，为伊消得人憔悴"到"故人何在？烟水茫茫"，每一首都是流传千古的情话，字字相思。

依然记得《金粉世家》中的一个片段，金燕西用一首《雨霖铃》缓缓地道出了冷清秋的名字，从此，一段故事开始。

一个富家公子，遇上了单纯的学生，不要以为王子爱上灰姑娘是浪漫的事情，那只是在错误的地点遇上了错的人。

在浪漫与爱情过后，留下的便是无尽的苦恼。金燕西负了清秋，两个人被婚姻折磨得遍体鳞伤，连相拥的力气也没用。

故事的最后，他们离开了彼此，这结局对二人来说是一种解脱，葡萄藤上开不了百合花。

爱不等于相守，一段婚姻，除了爱情，还有许多的东西，说不清，道不明，可能是柴米油盐，也可能是七年之痒。

遥想千年前，柳永离开汴京是否同样无奈又疲惫？他无法为那个女子赎身，无法给她幸福的生活，他似乎能预料到自己留在汴京，两个人以后要面临的压力。正因如此，他才选择离开。

他了解自己，他这样的人颓废半生，已经不可能成家。但那个女子不同，她的路还很长，她可以遇到良人，余生无忧。两个人会在各自的路上越行越远……

没有承诺，便没有责任。在彼此没有刻骨铭心地深爱前分离，这就是最好的选择，所以，那一晚，他离开了。

此生太漫长，长到他不敢去爱。红尘千丈，人的选择各有不同，不问对与错，只求无愧于心。

31.乱世佳人梦

【南宋】满江红·太液芙蓉——王清惠

太液芙蓉，浑不似、旧时颜色。曾记得、春风雨露，玉楼金阙。名播兰馨妃后里，晕潮莲脸君王侧。忽一声、鼙鼓揭天来，繁华歇。

龙虎散，风云灭。千古恨，凭谁说。对山河百二，泪盈襟血。驿馆夜惊尘土梦，宫车晓碾关山月。问嫦娥、于我肯从容，同圆缺。

　　元兵的铁骑已经攻破襄阳城，一路南下，所到之处，满是鲜血与杀戮。山河破碎，国不成国，家不成家，纵然大宋有文天祥这样的英雄，此时也无力回天。

　　临安宫中，白衣素缟，嫔妃皇子跪在福宁殿前，神色哀伤。这一日，宋度宗驾崩，年仅四岁的太子赵㬎继位，全太后垂帘听政，风雨飘摇的江山交到了孤儿寡母的手中。

　　宫人们似乎感觉到大宋气数已尽，整日愁眉不展地望着天空，麻木地等待着国破家亡。

　　一个身着月白色衣衫的女子走出寝殿，独倚斜栏，手中拿着一卷泛黄的史书，愁眉不展。

　　这个女子是宋度宗的昭仪，王清惠。自从宋度宗过世后，便郁郁寡欢。宫人都以为她是忧思先帝，却不知她是在为国担忧。

　　忽然，远处传来一阵空灵的琴音，如幽谷中的泉水声，唤醒心底的禅意。

　　弹琴之人是汪元量，宫廷乐师，入宫多年，深受皇族之人的喜爱，每一弦、每一音，仿佛都在诉说着故事。

　　王清惠放下书，寻着琴音，一路来到回廊处，只见他席地而坐，低头轻抚着琴弦，一曲《高山流水》划过她的耳旁，如此熟悉。

这一刻，琴声让她忘却烦恼与战乱，仿佛置身于山野之间，采菊东篱下，悠然见南山，那是她最向往的生活。

一曲过后，汪元量抬起头，恰好撞见她怅惘的目光，他心头一紧，想上前宽慰几句，却碍于身份不能过去，恐遭人口舌。

如果他们身在民间，或许会成为知音，毕竟，王清惠是这宫中唯一能静下心来听琴的人。

他们什么话也没说，彼此深深地望了一眼，便转身离去。

王清惠依旧每日独坐在宫中，听着宫人说一些外面的消息，隐隐觉得不安。

那年正月，没有任何一人沉浸在过年的喜悦中。金戈铁马，元军已经将临安城包围，国将破。

王清惠早知道会有国破之时，只是没想到这一日来得如此快，新帝登基不满两年，元军便兵临城下。

城内的将士已跟随文天祥拿起兵器，决定殊死一战，她虽是女流，心却如男儿般坚韧，早已为自己准备了三尺白绫，若战败，她便以身殉国，留一世清白在人间。

可惜，还未战，太皇太后便带着六岁的皇帝出降，如此懦弱胆怯地跪在元军统帅面前，丝毫没有皇族的尊严。

元军攻入临安城，掠夺宫中宝物，她目睹着国不成国，家不成家。

三千宫人做俘北上，其中便有王清惠。

她听闻汪元量也跟随北上，他一个琴师，原本可以逃出临安，不必随他们做俘，为何他要如此？王清惠想不通，却也没有问。

他们忍痛离开烟雨如画的江南，离开那充满回忆的地方。一路北上，路越走越远，风越吹越寒，望着身后被风月掩埋的脚印，王清惠知道，自己再也回不去了。

杭州万里到幽州，一路上，她目睹了官吏残酷，百姓贫苦，半壁山河惨遭蹂躏，古道无人，满地狼烟，寒鸦的悲鸣传遍荒野，萋萋枯草在寒风中飘零。

她不敢相信这就是昔日的大宋，原本旖旎风光，此时却化为一片焦土。故国，家梦都不在。

脸颊一丝冰凉滑过，她落泪了，这泪为国而流，为民而流，为自己而流。

一方手帕递到她面前，她看了眼递帕的人，正是汪元量。这些日子，都是他在照顾她，她经历过男女之情，自然懂得汪元量对她的感情已经超越了主仆，但这份情，她实在不能接受。

命运未卜，她也许明日便会被元军赐死，所以，她不能给他希望。

元军途经汴梁，在驿站停留。夜里，王清惠梦到自己回到了宫中，与宫人们扑蝶赏花，正欢喜之时，忽然听到厮杀声，元军的刀剑已经落到了眼前。

忽而惊醒，再难入眠。她起身走到院子中，想到自己一路的所见所闻，在墙壁上题词《满江红》：太液芙蓉，浑不似、旧时颜色。曾记得、春风雨露，玉楼金阙。名播兰馨妃后里，晕潮莲脸君王侧。忽一声、鼙鼓揭天来，繁华歇。龙虎散，风云灭。千古恨，凭谁说。对山河百二，泪盈襟血。驿馆夜惊尘土梦，宫车晓碾关山月。问嫦娥、于我肯从容，同圆缺？

皇宫太液池中的芙蓉花已失去往日的颜色，曾经，她陪伴帝王左右，春风雨露，玉楼金阙，羡杀多少人。一夜之间，繁华便戛然而止，亡国之恨，凭谁说！对着大宋江山，只能黯然落泪。

她想到梦中的情景，心中更是疼痛。如今，她沦为俘虏，命运已经注定。要么受辱求荣，要么守住贞洁。她望着月光，感叹道：于我肯从容，同圆缺。

嫦娥啊！请容许我像你一样，去过同圆缺的生活。国破山河在，让她一个女子何去何从？她要活着，也要守住自己心中的清明。

次日，汪元量看到墙壁上的词后，以词相和，《满江红》：天上人家，醉王母、蟠桃春色。被午夜、漏声催箭，晓光侵阙。花覆千官鸾阁外，香浮九鼎龙楼侧。恨黑风吹雨湿霓裳，歌声歇。人去后，书应绝。肠断处，心难说。更那堪杜宇，满山啼血。事去空流东汴水，愁来不见西湖月。有谁知、海上泣婵娟，菱花缺。

他的词除了怀念曾经的国，还怜惜现在的人。那一瞬间，他发誓要默默守护着她。

汪元量陪伴宋室王族在北方生活了十三年，王清惠时常会看见他独自站在城楼上，目光忧伤地望着南方，她知道他心中一直眷恋着故土。

江南，此时应盛开着九里香，不知九曲回廊处才子可还在等佳人，不知旧时堂前燕是否飞入百姓家，不知古巷里是否还能听到桂花糕的叫卖声。江南成了他们心底的痛，不敢回忆，不能回忆。

像汪元量这般风雅的琴师，本不该随他们来到这里，受尽北国风霜。如今，他已年近五十，该去追寻属于自己的生活。

王清惠数次劝他南归，汪元量深知她的苦心。他继续留在这里，并不能改变什么，也无法救她脱离苦海，无奈之下，他只能妥协。那年寒秋，汪元量上书元帝，请求归南，元帝应允。

此次分离再难相见，秋风萧瑟，雁南归，人亦归。

她的身份不便亲自送行，只能赠诗一首——《送水云归吴》：朔风猎猎割人面，万里归人泪如霰。江南江北路茫茫，粟酒千钟为君劝。

归途路漫漫，从此后，愿君安，愿吾安，愿岁岁年年不相见。

她的有生之年，再也无法看青砖黛瓦，再也无法赏临安初雪，再也无法听江南细雨。只希望汪元量可以代替她走遍万里江山，过潇湘，入蜀川，救济挣扎在苦难中的百姓。

汪元量回到江南，暗中结交志士，只为有朝一日，光复大宋江山，可以将她带回江南。

然而，王清惠终究没能等来汪元量。

他走后不久，她便远离世俗，褪下绫罗绸缎，抛却繁华，出家奉道。这是她最好的结局，洗尽铅华呈素姿，一心不问红尘中事，将前尘往事都看作过眼云烟。

陌生的北国，她始终一个人，独守着心中的眷恋。

在一个安静的夜里，她躺在榻上，想着记忆中江南、雨燕、故人，静静地合上双眼，永远地离开了尘世。

　　汪元量闻得她客死北地的消息，伤心欲绝，他后悔没有将心中的情思告诉她，恨自己没有能力将她带回江南，一切都太晚了。他并没有放弃，直到年迈，双鬓白发，再也走不动时，才隐居杭州。

　　晚年时，他时常会念着那首传遍中原的《满江红》，怀念着故人的音容笑貌。

　　王清惠的这首词还被人送去狱中，交给了当时被元军囚禁的文天祥。他与王清惠只有数面之缘，从未想过昔日那个醉卧帝王侧的王昭仪竟能写出这样满含悲痛的句子。

　　这首词，字字都是血泪，透过这些文字，他仿佛能感受到王清惠在国破时的无奈与悲伤。盛世如烟花般，转眼便消失，他们再也无法回到过去的岁月，宋已亡。

　　文天祥提笔，为王清惠翻作《满江红》：试问琵琶，胡沙外、怎生风色。最苦是、姚黄一朵，移根仙阙。王母欢阑琼宴罢，仙人泪满金盘侧。听行宫、半夜雨淋铃，声声歇。彩云散，香尘灭。铜驼恨，那堪说。想男儿慷慨，嚼穿龈血。回首昭阳离落日，伤心铜雀迎秋月。算妾身、不愿似天家，金瓯缺。

　　当时，不少文人都以词相和。一个柔弱女子的词唤醒了多少人，又让多少铁血英雄坚持到最后。

　　她的故事渐渐被人遗忘，千年后，又有谁记得这阕《满江红》？又有谁记得她的名字？

　　不求名垂青史，只愿天下长安。

32.问世间情为何物

【金】摸鱼儿·雁丘词——元好问

问世间，情为何物，直教生死相许？天南地北双飞客，老翅几回寒暑。欢乐趣，离别苦，就中更有痴儿女。君应有语，渺万里层云，千山暮雪，只影向谁去？

横汾路，寂寞当年箫鼓，荒烟依旧平楚。招魂楚些何嗟及，山鬼暗啼风雨。天也妒，未信与，莺儿燕子俱黄土。千秋万古，为留待骚人，狂歌痛饮，来访雁丘处。

问世间，情为何物，直教生死相许？

许多人初次看见这句话，应该都是在金庸先生的《神雕侠侣》中，当杀人如麻的李莫愁命丧绝情谷时，临死之际，唱的竟是这首《摸鱼儿》，凄婉绝望的声音，让人心生怜悯。

小说中的李莫愁面若桃李，话音轻柔，与小龙女一样容颜不老，若非知她是杀人不眨眼的魔头，定以为她是位带发修行的富家千金。

其实，她本是单纯善良的女子，可一遇陆展元，便误了终身。

终南山上，李莫愁不顾男女之嫌，为陆展元疗伤，她将一片真心付出，瞒着师父与他偷偷订下婚约，并送他一方锦帕。

师父要她立誓不离古墓，可她一意孤行，被师父逐出师门。她以为可以等到陆展元归来，可落花有意，流水却无情。

陆展元，一个风流少侠，花言巧语俘获了少女的芳心，而后，又拈花惹草，遇到何沅君，移情于她，弃李莫愁而去。一念成魔。李莫愁因爱生恨，从此，性情大变，杀人如麻，她不再是那个温婉的邻家姑娘，而是无情的"赤练仙子"。

她听闻陆展元要娶何沅君，便去大闹婚宴，结果被高僧阻

止，与他们定下十年之约，让那对新婚夫妻平安度过十年的时光。

十年，李莫愁可以等，她要亲手了结这段背叛的爱情。她在相思与仇恨中度过了整整十年，可当十年过后，再去陆家，陆展元已经病逝，而何沅君也自刎殉情。

深爱之人离世，她心里最痛，可越痛便越恨，她恨所有姓陆的人，恨所有与何沅君有关的事物，这恨伴随了她一生一世，没有随着时间而消失，反而刻骨铭心。

李莫愁，莫愁，心底的愁怎能消？她此生做过许多错事，已无法回头。绝情谷中，所有人都要她死，可她心性如此高傲，绝不会让别人了断自己的性命。

于是，她纵身跳入火海，在烈火中，凄声唱道："问世间，情为何物，直教生死相许？"

她对陆展元的爱，并不输于杨过和小龙女，只可惜，她爱错了人。情究竟是什么？让多少痴情人深陷其中，明知痛苦，却还是苦苦追寻。

元好问写这首词时也不过十六岁，还未到弱冠之年，却将爱情写得如此透彻。

那年，他赴并州赶考，路上遇到一个猎人讲述故事：猎人将捕到的大雁杀了，另一只逃走的大雁却迟迟不肯离去，不断发出悲伤的雁鸣声，最终坠地自杀。

元好问听后，心中很是感动，花钱买下这两只大雁，将它们埋在汾水岸边，垒石为记，名为"雁丘"，而后，又写下这首《摸鱼儿·雁丘词》，以此词纪念这段生死相许的爱情。

第一句便是对尘世的问，问世间，情是何物。纵观古今，多少文人雅士被情所困，一生无法参透情之真谛。生死相许，这四个字让人心生感动，也让人望而却步。唐玄宗李隆基对杨玉环如此深情，却也没有陪她共赴黄泉，到最后空留余恨在人间。

如今，十六岁的少年目睹了双雁的爱情，他不知如何歌咏，仿佛任何文字都无法将爱情表达，他只能发出深深的感叹：直教生死相许。

他无法用诗句表达爱情，却可以用事实证明爱情。"天南地北双飞客，老翅几回寒暑。欢乐趣，离别苦，就中更有痴儿女。"这句话写的是大雁之间的日常生活，天南地北，从寒至暑，始终双宿双飞，不曾分离。他们一起享受喜悦，承担痛苦，经历过风风雨雨，心中的爱越来越深。他们就像人间的痴情儿女，其实，他们比人更痴情。

"君应有语，渺万里层云，千山暮雪，只影向谁去？"这句话是大雁殉情前的心理：看着那万里层云，千山暮雪，若没有挚爱在身旁，活着又有何意义？孤雁最是可怜，不会进食，不会饮水，只知低飞哀鸣。前路茫茫，孤雁无法展翅飞翔，唯有坠地殉情。

元好问将这对雁侣埋葬在汾水之上，遥想当年汉武帝曾率百官巡幸于此，箫鼓喧天，何等热闹。而今，这里已是一派萧索。雁死不能复生，山鬼为之悲鸣，双雁如此深情，连上天也会嫉妒。他们绝不会像莺儿燕子那样葬于黄土，他们的爱将会与世长存。他希望以后会有同自己这般的文人，来此寻访雁丘，祭奠这段爱情。

埋葬完双雁，元好问便启程。这一次，他并没有考中。

二十岁那年，元好问再次入京赶考，途中又听闻一桩事，河北大名府有两个男女，彼此相爱，却被家人拆散，两个苦命的有情人愤而投河自尽。那一年，河中的莲花并蒂而开。

元好问不禁想起了昔日自己亲手埋葬的双雁，情为何物，直教人生死相许！他写下《雁丘词》的姊妹篇，《摸鱼儿·问莲根》：

问莲根、有丝多少，莲心知为谁苦？双花脉脉娇相向，只是旧家儿女。天已许。甚不教、白头生死鸳鸯浦？夕阳无语。算谢客烟中，湘妃江上，未是断肠处。香奁梦，好在灵芝瑞露。人间俯仰今古。海枯石烂情缘在，幽恨不埋黄土。相思树，流年度，无端又被西风误。兰舟少住。怕载酒重来，红衣半落，狼藉卧风雨。

依旧是对爱情的感悟，海枯石烂，生死相随。万物皆有情，双雁如此，人亦如此。

他仕途坎坷，一生漂泊，幸而有妻子张氏陪伴在身旁，风雨不离。

张氏离世后，他曾写下一首悼亡词《三奠子离南阳后作》：

怅韶华流转，无计留连。行乐地，一凄然。笙歌寒食后，桃李恶风前。连环玉，回文锦，两缠绵。芳尘未远，幽意谁传。千古恨，再生缘。闲衾香易冷，孤枕梦难圆。西窗雨，南楼月，夜如年。

也许，张氏在世时，元好问曾带她去过雁丘，祭奠过那两只生死相许的大雁。如今，爱妻离世，元好问独留世间，孤枕难眠，夜夜如年。

晚年的元好问早已看破了官场风云，他辞官归隐，四处游历，只愿在山水之间寻求到真正的爱。

其实，爱情并非一定要生死相许，倘若人间还有值得留恋的东西，那么活着的人必须好生守护。然而，偏偏有人不懂这个道理，白居易就曾用"以死殉夫"的传统风俗逼死过一个女子。

那个女子名叫关盼盼，出身书香之家，长袖善舞，后来，家道中落，不幸流落风尘。徐州守帅张愔对她一见钟情，重金娶回家中为妾，甚是怜爱，为她兴建一处楼阁，名为燕子楼。

关盼盼与白居易曾有过一面之缘，张愔设宴，盼盼献舞，白居易也被那倾国倾城的舞姿所倾倒，为她写下诗句：醉娇胜不得，风嫋牡丹花。

两年后，张愔病逝，他生前的姬妾们纷纷离去，唯有关盼盼独守着燕子楼，回忆故人。虽是物是人非，可爱还未消散。

白居易听闻关盼盼独留人间，写下一首七言绝句：黄金不惜买娥眉，拣得如花四五枚。歌舞教成心力尽，一朝身去不相随。

"一朝身去不相随。"分明是在以诗劝盼盼殉情，仿佛她不殉情，便是不节。人言可畏。关盼盼读诗后，含泪解释：自夫君过世后，她并非不想生死相许，只是怕后世之人议论夫君重色，让爱妾殉身，为了夫君的名誉，她才苟且偷生。

她回了白居易一首诗：自守空楼敛恨眉，形同春后牡丹枝。舍人不会人深意，讶道泉台不相随。

她没有选择，唯有死亡一条路。最终，绝食十日，魂断燕子楼。

生死相许是爱，相濡以沫是爱，难忘逝者亦是爱，爱有许多种，只要彼此心中欢喜便好。

33. 一世桃花，不曾风流

【明】桃花庵歌——唐寅

桃花坞里桃花庵，桃花庵下桃花仙；

桃花仙人种桃树，又摘桃花卖酒钱。

酒醒只在花前坐，酒醉还来花下眠；

半醒半醉日复日，花落花开年复年。

但愿老死花酒间，不愿鞠躬车马前；

车尘马足富者趣，酒盏花枝贫者缘。

若将富贵比贫贱，一在平地一在天；

若将贫贱比车马，他得驱驰我得闲。

别人笑我太疯癫，我笑他人看不穿；

不见五陵豪杰墓，无花无酒锄作田。

许多人应该和我有一样的经历，第一次知道这首诗，是在看《唐伯虎点秋香》时，唐伯虎拿着折扇，缓缓将诗句吟出："别人笑我太疯癫，我笑他人看不穿；不见五陵豪杰墓，无花无酒锄作田。"

当时年纪尚小，分不清历史与杜撰的差距，一心觉得唐伯虎是无忧无虑的风流才子，羡慕他的桃花坞、美人梦。直到长大后才知道，原来唐伯虎不曾风流一生，也不曾邂逅秋香。

他出身平凡，其父经营着一家酒肆，母亲是小家碧玉，皆是寻常百姓之家。唐伯虎自幼聪慧过人，十六岁时便考得秀才，名动江南。先后结识祝枝山、文征明、徐祯卿等人，被称为吴中四才子。

他十九岁娶徐氏为妻，门当户对，结成连理枝，夫妻二人感情甚好。此时的他，被温馨与爱包围着，不必为生计发愁，不必执着功名，一心只求长伴父母、妻子。这是他一生当中最安逸的时光，一个家，一场梦。

　　然而，梦总会醒来。在他二十五岁那年，家中遭到巨大的变故。一年内，唐伯虎的妻子、父母、妹妹相继过世，独留他一人在人间。他沉浸在悲痛中，早已忘记何为欢喜。愤恨命运不公，叹息世事无常，无论他如何骂天咒地，都无法换回昔日的生活。

　　他沉沦过，堕落过，家境日渐贫寒。他变得一无所有，没有家，没有爱。未老先衰，双鬓不知何时已生出了白发，他不敢面对这样颓败的自己。

　　在他最无助的时候，所幸好友祝枝山来到他的身旁，悉心劝慰，让他慢慢从悲伤中走出，潜心读书。几年后，唐伯虎中应天府乡试第一，成为唐解元。次年，又去京城参加会试。

　　在赶考的路上，他遇见了富家公子徐经。虽然同为考生，才华却是天壤之别。徐经不学无术，挥金如土，二人结伴而行，徐经对唐伯虎一路奉承，让唐伯虎有些春风得意，心智不定。

　　到了京城后，徐经投机取巧，用钱财贿赂主考官家仆，得到了试题，又因自己文采欠佳，便在考前请不知情的唐伯虎帮他写文章。后来事情败露，唐伯虎受到牵连，被捕入狱。

　　古来才子似乎都难逃牢狱之灾，唐伯虎在狱中饱受折磨，在与文征明的信中，清清楚楚地写着他的悲惨境遇："至于天子震赫，召捕诏狱，自贯三木，吏卒如虎，举头抱地，涕泪横集。而后昆山焚如，玉石皆毁；下流难处，众恶所归。"

　　若没有这场事故，他本可以考取功名，从此平步青云。可此时，他要面对官员的审问，饱受世人非议，一次次丧失读书人的颜面。

　　案子经过一年调查审问，唐伯虎虽被判不是主犯，却难逃干系，最终被罢黜为吏。他本是才情高傲之人，无辜入狱是君子的耻辱，如今，又让他屈居人下，只做一个浙藩小吏，如何能甘心！

于是，他坚决不去就职，又不愿如此狼狈地回乡，便只能四处漂泊，逃避现实。可是，逃避根本不是长久之计，独在异乡为异客，他始终是个无家的人，过去的痛苦没有忘记，反而越来越深。

直到身无分文，他才不得不回乡。本以为入狱的事情会随着时间让人淡忘，可当他回到江南，又引得无数人想起，议论纷纷。

往事不堪回首，回首必定忧伤成疾，回乡后不久，他便大病一场。或许正是这场病，让他看透了功名利禄、世态炎凉。

病榻上，遥想这些年的生活，如烟似梦，他也曾流连欢场，放任自我，也曾穷困潦倒，受人冷眼，经历了大起大落，也该将人生参悟通透。

他病愈后，选择远离人烟，归隐桃花林，展开另一段全新的生活。

这首《桃花庵歌》便是他那段生活最真实的写照，桃花坞里有一处桃花庵，桃花庵下住着位桃花仙，这位桃花仙不是别人，正是当年的唐解元。如今，他淡泊名利，只想安静地种桃树，卖花沽酒。

终日游于桃花林间，洒脱随性，一酒一花，都是他的挚爱。酒醒时便在花前静坐，酒醉后就眠于桃花树下。

半醉半醒，日复一日，花开花落，年复一年，宁愿老死在花酒间，也不愿再回到官场。对于朝廷，他已经彻底失望，再也不想回忆起富贵的日子。

富者有车尘马足之乐，隐士可与花酒结下缘分。若将富贵与贫穷相比，一个在天，一个在地。若将花酒与车马相比，车马四处奔波，不及诗人半点清闲。

世人笑唐伯虎太疯癫，他却笑那些人看不穿世事。多少豪杰也只是辉煌一时，如今墓冢只能被当作耕种的田地。这般权贵生活，哪里有他对花饮酒潇洒！

《桃花庵歌》朗朗上口，有花有酒，却不是艳词俗曲，更不是在写风花雪月的爱情。这首诗更像一首民谣，缓缓地唱给自己听。诗中写了两种人的生活：一种是富人，一种是穷人（隐者）。他对这两种生活并不陌生，他享乐过，贫穷过，当写下这些句子时，内心其实是在滴血。

他将自己的伤疤揭开，告诉天下人，名利不过是过眼云烟。可无奈，不知还有多少人与曾经的他一样，执着于车尘马足，他不是圣人，无法劝说那些人回头，只能感叹一句："不见五陵豪杰墓，无花无酒锄作田。"

他在桃花林找到了命运的真谛，也邂逅了一段良缘。

沈九娘，青楼官伎，她倾慕唐伯虎的才华，时常将他请来妆阁作画。她喜欢静静地陪伴在他身旁，为他铺开宣纸，递上画笔，凝视着他作画的身影。唐伯虎笔下的美人图，气韵都与九娘有几分相似之处，在他眼中，最美的人便是与他共患难的九娘。

二人日久生情，她懂他的疯癫，知他的无奈。他从不把她当作官伎，他爱她，不在乎她的出身，更不在意那些流言蜚语，他只想与她结成夫妻，共度余生。

于是，在世人的嘲笑与谩骂中，他娶了沈九娘，不是妾，而是妻。他们守着桃花林，守着单纯与美好。

婚后，沈九娘生了一女，名为桃笙。这名字好美，一如他的桃花坞，桃之夭夭，灼灼其华，他们不求女儿大富大贵，只愿可以一世长安。

后来，苏州发生水灾，一夜之间，桃花林被毁，桃花梦已逝。生存越来越艰难，无人再有闲情逸致谈诗论画，唐伯虎卖画的生意就此断掉。为了维持生计，十指不沾阳春水的沈九娘开始为养家而奔波，从早到晚，身兼数份苦工，终因体力不支而病倒。

唐伯虎四处求医，郎中皆言，医术尚浅，无能为力。

他知道，这是他的劫，爱上了，得到了，又失去了。这种得而失去的痛苦，他曾经进京赶考时也体会过。在命运面前，他们都太过渺小，他只能尽心地照顾九娘，让她在最后的时日能感受到温暖。

那年寒冬，她握着他的手，含泪道："承你不弃，要我做你的妻，我本想尽我心力理家，让你专心于诗画，成为名家。但我无福又无寿、无能。如今，我已灯尽油枯，望你善自保重。"

她从不后悔嫁给他，即便生活贫寒，万事皆苦，她也从未想过离开他。只可惜，天不留人，还未等到桃花盛开，她便匆匆离世。

唐伯虎没有续弦，他细心照料着桃花林，守着旧日的庭院，抚养桃笙长大为人。思念九娘时，便为她写下诗篇："相思两地望迢迢，清泪临门落布袍。杨柳晓烟情绪乱，梨花暮雨梦魂销。云笼楚馆虚金屋，凤入巫山奏玉箫。明日河桥重回首，月明千里故人遥。"

旧情难忘，尘缘未了。他晚年虽皈依佛教，号六如居士，可他终究忘不了桃花林。

六如，也称六喻。佛经中说：一切有为法，如梦、幻、泡、影，如露亦如电，应作如是观。

世事空幻无常，他一生也是无常，苦难没有一刻停止过。苍老之时，久病缠身，这年秋天，他应邀去好友家中，偶然看到苏东坡真迹一词中的两句话：百年强半，来日苦无多。

一时伤感，一阵叹息，回到家后，便卧榻不起，不久便病逝于家中。唐伯虎去世时，家徒四壁，是祝枝山慷慨解囊，将他安葬在桃花庵附近。

他一生从未风流，就连那少许的自由，也要付出贫困的代价。后世总说他是风流才子，可他是最潦倒的才子。好在他曾拥有过爱情、喜乐，也不算枉度此生。

他依旧是这世上唯一的桃花仙。

34.兰心依旧，许君长安

【明】马湘兰挽歌词——王稚登

歌舞当年第一流，姓名赢得满青楼。

多情未了身先死，化作芙蓉也并头。

　　这是一首挽诗，写给亡者。由诗中"青楼"二字，便可知道这位亡者是烟花女子。写诗的人只能说是她的故友，因为，她不敢在他面前用"爱"这个字。

　　诗句的前两句，是写她一生的才与名，才华绝伦，名满金陵。

　　这个女子曾叫马守真，因为爱兰，她改名为湘兰，秦淮八艳之一。秦淮河旁的女子并非都倾国倾城，马湘兰的姿色就如常人，但能名动江南，必定有过人之处。

　　她的谈吐、修养都如空谷幽兰，高洁却不高傲，沉静却不孤寂。她爱兰成痴，所住的宅子取名"幽兰馆"，馆内始终弥漫着淡淡的幽香，不张扬，不浓郁，就是这样淡淡的，沁人心脾。花开之时，她的心是沉静的；花落之时，她的心是孤寂的。兰心似水，残香如梦。

　　她时常会在书房中静静地画兰，只要寥寥几笔，就可以勾勒出一幅墨兰。众人皆称赞她的画技，她虽然谈不上是书画名家，但她的兰花图是当时文人争相收藏的爱物。

　　青楼女子要接触形形色色的男子，送走了文人雅客，又迎来了王孙贵族。无论老友或是新客，门前宾客知晓的也不过是"马湘兰"这个名字，却从不知她的身世。

她自幼便流落风尘，却并不因此而觉得卑微，她努力地学习琴棋书画，成就自己的风采。她为人旷达慷慨，常常用自己的银两接济少侠。丫鬟曾不小心打碎过她心爱的发钗，她不怒反笑，称赞玉碎之声极为悦耳。

如此奇女子，引得多少才子为她驻足、侧目。然而，纵然衣食无忧，她还是会感伤自己的身份，青楼女子，或许一生都无法得到平凡的生活。

当夜深人静时，陪伴她的只有凄凄寒风，庭院寂寥。直到那个人来到，她才知自己究竟在等待什么。

马湘兰永远也不会忘记那日清晨，兰花上的露水还未干，便有人叩响朱门。丫鬟开门，只见他款款而来，道一句："在下王稚登。"

长洲秀才王稚登，虽满腹才华，却未能受到朝廷重用。满心失意的他回到江南，想放任自己沉醉在烟花巷，他不经意间走到幽兰馆门前，闻着淡淡的花香，忍不住叩响木门。

这里究竟住着怎样一位奇女子？他跟随着丫鬟走过庭院，穿过回廊，来到一间清雅的书房，望见一女子在低头作画，笔法娴熟，气质脱俗。

初见时，岁月静好。他们月下赏兰，把酒言欢，相见恨晚。他知马湘兰并非平常烟花女子，她知王稚登与纨绔子弟不同，他们是被世俗所抛弃的苦命人，郁郁不得志。

带着几分醉意，他向马湘兰求画。她微微一笑，点头应允。当即挥笔画了一幅《一叶兰图》，幽幽吟道："一叶幽兰一箭花，孤单谁惜在天涯？自从写入银笺里，不怕风寒雨又斜。"

言罢，她看向王稚登，又觉得如此倾诉自己的心意太过唐突，惊了温润如玉的公子。她身为歌伎，最怕旁人误以为她滥情薄幸。

她又提笔画了另一幅《断崖倒垂兰》，这次她题的诗柔中带刚：绝壁悬崖喷异香，垂液空惹路人忙；若非位置高千仞，难免朱门伴晚妆。

将自己比作断崖绝壁上的孤兰，她不畏严寒，只为等来惜花之人，将她从悬崖上采下，细心呵护于家中。

王稚登自然明白她的心意，但他此时人生跌入深谷，仕途渺茫，处境艰难，根本无法给她平静的生活。在王稚登心中，马湘兰永远是不染尘埃的兰花，而他却早已被浊世所侵蚀，满心的权力金钱，如此不堪的自己配不上如此纯洁的女子。

于是，他假装不懂诗中的意思，礼貌地收起画，道了谢，便离开了幽兰馆。

佳人的一片深情遭到拒绝，只能对着院中的兰花，默默垂泪。她的心无法放下王稚登，可又不愿强求这段姻缘，她选择了默默陪伴，如好友一般，却不再谈起婚嫁之事。不能做恋人，只好做朋友，可做朋友时彼此内心又是多么煎熬！明明爱着他，却又不能说出口。

数月后，大学士赵志皋举荐王稚登参加编修国史。为了前程，他不得不离开秦淮岸。离别之时，王稚登言语中透着几分爱意，他告诉马湘兰，仕途平坦后，想与她共享荣华。

马湘兰记下他的话，从后，她紧闭家门，不再迎客。她想做回良家女子，等着他衣锦还乡，娶她为妻。在千万个寂寥的日月，陪伴她的只有庭院中默默静立的兰花。

王稚登进京后，并不如意，明末江山风雨飘摇，朝中的官员各自为战，明争暗斗，一个不小心，便会遭人陷害。他虽有心报效朝廷，可偏偏有人不给他机会，处处为难排挤。这并不是王稚登想要的仕途，到了岁末，他辞官而归。

不愿让心爱之人看见自己的落寞，他选择不去见她。可是，又怕她来寻自己，便将家搬去了姑苏，断绝与她的来往。旧日的一切，都当是一场梦吧！

江南是文人的世界，王稚登的事情怎么可能瞒过马湘兰？她经过多方打听，终于得知他人在姑苏。马湘兰没有犹豫，她连夜收拾行李，去姑苏见王稚登。

她在幽静的庭院中看见他，数月未见，他消瘦了许多，愁容满面。她的心泛起一阵酸痛，轻轻走上前，唤着他的名字。

熟悉的声音传到王稚登耳中，恍若隔世，四目相对时，早已泪流满面。重逢便是最好的安排，无须过多的话语，只要故人的一声轻唤，便胜过千万人的安慰。

从那日起，马湘兰每月都会去姑苏小住几日，与他弹琴赋诗，对酒当歌。她再不敢说出"爱"字，怕牵动起他的伤心事。

如今，她依旧是当年那个名满金陵的马湘兰，而他的才名少有人知。他拼搏过、挣扎过，却还是没能成为配得上她的人。爱这个字分量太重，一个不娶，一个不嫁，总是有他们自己的原因。

就这样，两人共度了三十余年，旁人问起他们的关系，二人只是淡淡一笑，客气地称是对方的知己，感情之事，只字不提。

常年的忧思，让马湘兰日渐憔悴，缠绵于病榻。即使这样，她还是抱病去姑苏，为王稚登庆贺七十岁寿诞。

宴席上，她清歌一曲，声音依旧如年轻时甜美，宛如黄鹂。闻歌，王稚登不知不觉想起往事，愧疚、无奈、伤感，复杂的情绪一瞬间涌上心头，苍老的眼中不禁流下泪水。

相识三十多年，光阴匆匆而过，他们错了太多，犹豫了太久，到后来，彼此再也不愿提起当年的爱与相思。现在，后悔那时候的拒绝，可为时已晚，他们都老了，再也经不起折腾。

马湘兰自知久病不愈，时日无多，她只渴望再多看他一眼，多陪他一时。这一次，她在姑苏住了两个月，直到病得无法站起，才让丫鬟送她回金陵。

暖阳透过层层纱幔，在屋内留下斑驳的痕迹。幽兰馆内始终弥漫着淡淡的幽香，不张扬，不浓郁，沁人心脾。马湘兰静坐在屋中，似乎预感到自己行将就木，苍老容颜透着岁月难以遮掩的惆怅。

三十年前，她时常独倚斜栏，望着楼馆画舫，心却无比悲凉。秦淮岸边上演着一幕幕爱恨情愁，多少情意绵绵的话语、古道长亭的泪水都化作虚无，消散在烟雨江南中。

她即将走到生命的尽头，临终前，她命仆人在她座椅四周摆满兰花，在那淡淡的幽香中，她回忆起与王稚登经历的点点滴滴，眼中流淌着幸福满足，安详地离开了尘世，时年五十七岁。

听闻她的丧讯，王稚登悔恨不已，含泪写下挽诗：歌舞当年第一流，姓名赢得满青楼，多情未了身先死，化作芙蓉也并头。

秦淮河旁，曾有一个女子，跳舞时会跷起兰花玉指，清歌时会露出梨窝浅笑，倾城红妆，盛世繁华。可惜，这段情还未了，便已经魂归故里。这辈子做不到的事情，下辈子哪里化为芙蓉，也要双双并蒂。

从诗中可以看出，他的确后悔辜负了她一生的等待，其实，他们当初如果大胆地在一起，或许不会有那么多遗憾。

男子对待感情，有时候会比女子还犹豫，他们不敢去冒险，因为冒险便意味着责任。女子却不同，她们喜欢轰轰烈烈，爱得固执，爱得惨烈。马湘兰便是如此，即便得不到所爱，她也要等待一生，用她的执着告诉他，她爱他，一生一世。

幽兰馆中已经没有了曾经的幽香，剩下的是那些枯萎的灵魂。赤条条地来，赤条条地去，她来此一朝，只为遇见他。

一生长，待到痴狂；三世短，难诉衷肠。

赏丹青，入词境

抖音扫码

35.一寸相思一寸灰

【清】减字木兰花·相逢不语——纳兰容若

相逢不语，一朵芙蓉着秋雨。小晕红潮，斜溜鬟心只凤翘。

待将低唤，直为凝情恐人见。欲诉幽怀，转过回阑叩玉钗。

初恋，总是让人难忘，难忘的也许不是一个人，而是那个人带给你的青春。

你是否遇到过这样一个人，她可能不是你此生的挚爱，却对你意义深重。你们幼年相识，她的一言一行都在影响着你。当十年后，你长大成人，还会偶尔想起她的话语，还会触景生情地思念她的样子。

这便是初恋，可能结局不会如你所愿，但过程让你此生难忘。

《减字木兰花》又名《玉楼春》《木兰花慢》，是唐朝教坊曲，词牌名甚是优美，流淌着自然的气息。

然而，容若笔下的小令却满是伤感与无奈，短短四十四字，将他爱而不得的情感描写得淋漓尽致。这是一首关于情的词，情到深处便生花，容若的诗如暮春的桃花，随风飘零，美得凄凉。

"相逢不语"，首句便如此无奈，为何相见却不能言语？

紫禁城，一个"禁"字，便让皇族之外的人不敢踏入。这里

的每块砖、每片瓦似乎都承载着故事，只要细细地听，便能感受到物是人非、悲欢离合。

容若本不该来这里，可他还是忍不住思念，冒着死罪来到这片禁土，只为见那人一面，看一眼她是否安好。

正逢国丧，听闻喇嘛每日都要入宫诵经，容若为了进宫，只能买通喇嘛，身披袈裟，乔装成喇嘛的模样，跟随着他们一同入宫。

他等这个机会已经许久了，宫规森严，他虽为八旗子弟，却也不能擅自入宫。他只能冒险一试，若成功，他便能见到她；若失败，他会身首异处。

当他踏入宫门的那一刻，他便已经无路可退，唯有前行。

他跟着喇嘛们走进皇宫的深处，回廊处，他看见了她。

容若想过无数次相逢的画面，却没想到相逢来得这样突然。一场偶遇，没有提前安排，就这样遇见了。

她依旧是那么美，一袭素色衣衫，不施脂粉，鬓间插着凤翘，静静地站在那里与宫人低语。

曾经，她也是这样站在纳兰府中，与容若共读古籍，谈史论今。如今，她的容貌还是如初，只可惜物是人非，他们的身份都已变了。

这时，她注意到了容若的目光，抬起头，如星辰般的双眸往他的方向看去。

四目相对，眼中满是惊喜、感动。

她身子微微颤抖，紧紧地握着手中的帕子，眼中一片湿润。

那是泪，却不能流出。

本以为此生不会相见的人，此刻就站在她的不远处，然而，她却什么也不能做，甚至不能上前说一句话。

相逢不语，不是无话可说，而是不能说。

她默默无语，像秋雨中娇弱的芙蓉，那未流出的泪如利刃般刺入容若的心。

容若想要低声唤她，怕别人听到，想深情凝望，又怕别人瞧见。

他们周围站着太多的宫人，哪怕一个微小的动作，也会被旁人察觉。两个人只能一动不动地站在那里，明明近在咫尺，却又远在天涯。

世间最痛苦的事情莫过于此，深爱的人就在面前，却只能装作素不相识。

他出身高贵，父亲纳兰明珠是权倾朝野的重臣，母亲觉罗氏是英亲王阿济格第五女，这样显赫的家世，注定将拥有不平凡的一生。然而，有得必有失，他将失去同龄人的自由。

容若自幼天资聪颖，文能诗书，武能骑射，他是别人口中的"才子"，也是普通人，有自己的喜怒哀乐。

生性孤独的他时常坐在书房中，翻看着那些经史子集。白日，陪他的是枝头的燕雀；夜晚，伴他的是昏暗的烛火。明明是俊朗少年，却没有一二知己。

终于，纳兰府中来了一位温文尔雅的大家闺秀，这位姑娘是容若的远房表妹，她读懂了他的词。

自入府后，她日日陪伴他左右，青梅竹马，日久便生了情。

落寞时，只有她陪在他身旁，她的笑容如四月的暖风，拂过他的心间，生出灼灼其华的繁花。

那些年，他们倚在梨树下弹琴对诗，数着落在地上的片片梨花，不必去想未来，只需要珍惜此刻。涉世未深的两个人以为这就是永远，他们可以无忧无虑地享受着岁月静好，一生一世不相离。

然而，再美的梦也终究要醒来。

她是旗人女子，按着规矩要入宫选秀，这是任何人都无法改变的命运。她笑着安慰他，自己不会中选。

可是，容若清楚，以她的容貌才华，一定会被留在宫中。

他凝视着眼前这个出落得亭亭玉立的姑娘，心中涌起无限感伤，舍不得她离去，更不忍心看着她被那冰冷的宫廷囚禁一生。

一入侯门深似海，他们会在各自的路上越走越远，且此生不会再相见。

临行前，他送她走出纳兰府，看着她上了进宫的马车，目送着马车渐渐远去，他护不了她一世周全，往后的日子，这个柔弱的女子只能独自面对。

那一刻，容若明白有种权力叫皇权，任何人都不能逾越。

自她离开后，他终日消沉，心中空落落的。除了他，谁也不会注意到纳兰府中少了一位姑娘。

纳兰府依旧如初，他依旧是名满京城的纳兰公子，可是，纳兰心事几人知？

无人知晓他为何会对着院中的梨树痴笑，无人明白他身为世家公子却为何会写下那么忧伤的诗篇。

他又变回了没遇到她之前的样子，温润如玉，少言寡语，如开在深夜的昙花，绚烂又孤寂。

容若也会徘徊在宫门外，望着红墙琉璃瓦，思念着她的模样，等待她入梦。

相思之苦最折磨人，他不愿再无望地等下去。于是，他想尽一切办法入宫，为的就是见她一面，将衷情诉说。

然而，见到了又如何？在这巍峨的皇宫中，他们如此渺小，渺小到举手投足都小心翼翼。

一切都不似从前，人未变，身份却变了。如今，她是宫中的贵人，他再也无法靠近。

容若不能在这里久留，紫禁城的主人是那至高无上的皇帝，这里不属于他，若自己的身份被人发现，那么受连累的不只是纳兰家，还有她。所以，为了两人一世安好，哪怕再不舍，也要分离。这是宿命，他和她都无法改变。

擦肩而过时，他忽然听到了玉钗在回阑轻叩。

那声音不大不小，正好传到了两个人的耳中，一寸寸击打着彼此的心，他们默默忍受着蚀骨的疼痛，跟随着宫人走着，谁也没有停下脚步。

下一次见面，不知是何年何月，也许，再也不会相见。

他们往相反的方向越走越远，那玉钗轻叩回阑的声音渐渐消失。

当他偷偷回头望她时，她的身影已经消失在回廊。

回到纳兰府后，容若写下这首《减字木兰花》，微弱的烛光照在轻薄的宣纸上，墨迹还未干，淡淡的墨香飘散在屋中。恍惚间，他仿佛回到了与她初见之时，她站在梨树下，拾起一片沾着尘土的花瓣，怜惜地放在帕子中，转身，朝着他嫣然一笑。

这一夜，注定无眠，那芙蓉面、叩玉钗，让他久久难以忘记。

有时候，相见不如不见，见面后只会埋下更深的痛。

受折磨的又岂止是容若一人？想必那个女子在宫中也饱受着相思。

关于容若的这个远房表妹，正史没有记载，只有清代无名氏《赁庑笔记》记载了只字片语："纳兰眷一女，绝色也，有婚姻之约。旋此女入宫，顿成陌路。容若愁思郁结，誓必一见，了此夙因。会遭国丧，喇嘛每日应入宫唪经，容若贿通喇嘛，披袈裟，居然入宫，果得彼妹一见。而宫禁森严，竟不能通一语，怅然而出。"

这段故事无论是真是假，都令人唏嘘。

后来，容若也娶妻生子。不过，那段旧时的情始终藏在心中最深处，他从不轻易去回忆，因为回忆总是充满了伤痛。

当他被封为御前侍卫，走在宫巷之中，望着那熟悉的场景，心便会隐隐作痛。他成亲后，诗词中便很少提到这位表妹，或许，她已经在宫廷残酷的争斗中消失不见。

最初的爱情青涩又美好，没有夹杂着半点利益，他爱她，爱得简单明了，爱得冲动疯狂，爱得无法自拔。

或许，他可以再大胆一些，带着她逃出那个牢笼。

有俗语：世界上最遥远的距离，不是生与死的距离，而是我就站在你面前，你却不知道我爱你；世界上最遥远的距离，不是我站在你面前，你却不知道我爱你，而是爱到痴迷，却不能说我爱你。

　　如果爱她，不妨说出来，趁着阳光正好，趁着微风不燥，带着心爱之人去天涯海角，看遍世间美好。

36.断肠声里忆平生

【清】《梦江南》——纳兰容若

昏鸦尽，小立恨因谁。

急雪乍翻香阁絮，轻风吹到胆瓶梅。

心字已成灰。

这首词应是写相思，看到词牌，猜想所思之人或许是一个江南女子。既然与容若相识，她必定有咏絮之才、闭月之貌。

昏鸦、急雪、香阁、瓶中梅、心字香，这些熟悉的景物唤醒了词人的痛，他独立在风雪之中，望着白茫茫的大地，不知该爱，还是该恨。

容若身子一向虚弱，寒冬时节，更是药不离口。缠绵于病榻多日，心中最放不下的人只有她。

沈宛，他欠这个女子太多太多，将她带到京城，却没能给她一个家，让她苦守着一座庭院，过着无名无分的日子。如今，天寒地冻，她是否想念江南温暖的风？

那年，他们在江南初见，在好友顾贞观的引见下，容若结识了沈宛。其实，早在初见之前，二人便有书信往来，只是关山难越，始终未有机会相见。

家家争唱饮水词，纳兰心事几人知？她是他未谋面的红颜知己，是他在江南的一个梦。

其实，沈宛也仰慕容若已久，未见之前，沈宛便熟读他的词，时常会想是怎样的多情才子能写出那般清丽的词句。当见到庐山真面目，她才知道，容若也是一个普通人，只不过，他经历了太多的风霜，眼中总有一丝抹不去的哀伤，连微笑时也带着淡淡的伤感。

不知为何，看见容若的那一刻，她的心便莫名地疼痛。那感觉就好像第一次读到"人生若只如初见"这句词时，心仿佛被什么东西压住一般，沉重又伤感。

她知道他心中一直思念着亡妻卢氏，不求他能爱上自己，只想时时陪伴在他身旁，像卢氏那样，与他赌书消得泼茶香，成为他的红颜知己。

那日初见，他们吟诗作对，举杯对饮，如许久未见的故友，一醉方休。她暗暗许下誓言：今生今世，相伴不离。

一见倾心，她离开江南，跟随他来到京城。

为所爱之人，远离故土，需要多大的一番勇气与决心。

京城的一切对于沈宛来说都太陌生，但为了他，她愿意去适应北方的气候、饮食、生活。她努力地改变自己，却连一场婚礼都得不到。

他们也和世俗对抗过，容若也与家人争吵过，可一切只是徒劳。就好像，当年容若进宫见那个女子，也仅仅是见一面而已，并不能改变什么。

沈宛是汉人，不能名正言顺地进入纳兰府，她不愿卑微地祈求纳兰明珠的怜悯，更不想容若为难，她选择住在府外，默默陪伴着，不求名分，不求富贵，只求每月能见他几面，便心满意足。

无奈之下，容若只能将她安顿在德胜门内的一处四合院。

对于沈宛来说，这四合院便是遮风避雨的家，她与容若的家。虽没有嫣红的嫁衣，她依然露出如新婚女子一样的幸福笑容。那夜，她点燃红烛，紧张又欢喜地等待着他。

旁人只知她的名字叫沈宛，字御婵，江南才女，其他的一无所知。她明知不可能与他长相厮守，却还是固执地留在京城，留在这个原本就不属于她的地方，受尽世俗冷眼，心中的悲喜，如鱼饮水，冷暖自知。

她留在这里，只为了一个人，为成全自己的心。在容若心中，沈宛就如一株梅花，凌寒而开，倔强中夹杂着一丝柔情，她不愿让人看见她的悲伤，始终含笑待人，只现风姿与傲骨。

两人度过了一段无忧无虑的时光，小小的四合院成了容若躲避官场的地方，在这里，他远离喧嚣，不必去想身上背负的责任，只要静静地读一本书，品一壶茶，便觉心安。

彼此心意相通，一个目光、一个动作，便知对方的心意。

可是，这样的日子终究没能长久。

入冬后，容若突然患了风寒。他病了一月，便是整整一月未与她相见。她的身份根本不可能踏入纳兰府，甚至连靠近府门都难。

黄昏时候，寒鸦飞远，留下阵阵哀鸣。容若静卧在榻上，忽然，一阵疾风吹开窗子，卷着如柳絮般的雪花落到房中，风吹落了瓶中的梅花，吹散了心香。

容若走到桌前，凝视着被风吹散的香灰，提笔在纸上写道：昏鸦尽，小立恨因谁。急雪乍翻香阁絮，轻风吹到胆瓶梅。心字已成灰。

江南，不会有这样无情的风雪，不会吹散辛苦做成的心字香。他记得曾听她说过，江南的风很柔，像大家闺秀，温温婉婉；江南的雪很静，像小家碧玉，缠缠绵绵。容若知道，她此生最大的心愿便是与他一起隐居江南，过着平淡不平凡的生活。

然而，容若无法满足她的心愿，他身上背负的是纳兰家族的荣耀，纵然厌恶官场争斗，也无法逃离，谁让他生来就是"纳兰公子"？

他忽然很想见她，天色渐暗，他强撑着虚弱的身体，披上寒衣，瞒着家里人，从小门走出，骑着快马一路来到德胜门。

推开院门，庭院中一片寂静，冷风呼啸而过，吹得老旧的门窗咯吱作响。

他疾步走进屋内，只见她披着月白色的斗篷坐在炭盆前，小小的炭火并不能温暖整个屋子，空气中依旧弥漫着寒气。

沈宛抬起头，愣愣地望着站在门前的那个人，目光中透着惊讶、心疼、伤感。这个时候，他不该出现在这里，且不说他们之间的身份之差，他的身体也不允许他如此折腾。

她急忙将手炉递给容若，双手盖在他冰凉的手上，为他取暖。他静静地凝视着她手上的冻疮，心疼地拥她入怀。

那怀抱中满是淡淡的草药香，闻着让人心痛。

一月不见，彼此都清瘦许多，四目相对，一时间千言万语涌上心头，不知从何说起。此刻，一切尽在不言中，彼此相拥入眠，感受着温暖，还有爱意。

清晨，纳兰府的小厮赶着马车来到这里，沈宛知道他要回府了。

她亲手为他披上斗篷，送他出门。茫茫风雪中，她看不见容若离去的身影，只能看见留在雪地上的马蹄印。

这一别，不知何时才能相见。只愿他早日痊愈，他们约好了要一起去看暮春的梨花。

然而，从初春等到仲春，始终没有等来他。听闻，他病得很重，她不放心，每日都会走到纳兰府外不远处的胡同里，偷偷望着进进出出的太医，那些人提着药箱走进去，叹息着走出。

她摸着自己微微隆起的小腹，满眼泪水。多么想告诉他，她已经有了身孕，他们的爱情已经开花结果。

只隔着一道高墙，却无法相见，除了等待，她无能为力。

暮春之时，沈宛听见叩门声，她以为是他来了，可开门后看见的是一个陌生的男子。那人自称是容若的好友，七日前，容若与他们相聚，一醉三叹，便一病不起。

他说，容若病逝了。

他的语气很缓很慢，生怕伤到沈宛的心。然而，那句话还是让人心身俱伤。

沈宛不记得自己是如何闯进的纳兰府，也不记得自己是如何被赶出，她一次次地跪在那些人面前，只想见容若最后一面。可是，没有人理会她。她跪在纳兰府门前失声痛哭，心如被撕裂般疼。

那一刻，庭外的梨花落了。

容若的离世、纳兰家的冷漠、京城的流言蜚语，让沈宛无法继续在京城待下去，她该离开了，离开这个让她心痛的地方。

一日，天未亮，沈宛含泪离开京城。来时，无人相迎；走时，无人相送。

所幸，她不是孤单一个人，她已经怀了他的孩子。那是她活下去的希望，是容若留给她的未来。

山一程，水一程，离京城越来越远，心却与他越来越近。沈宛回到江南，回到了故事开始的地方。她在旧时的地方，重新开始一段生活。

那样的时代，沈宛无名无分，带着一个孩子孤苦度日，必定会遭受流言。可她全然不在意，她不后悔当初的选择，爱过、执着过，有何畏惧？

又是一年寒冬腊月，梅花上的积雪开始融化，月色如初，人却不似当年。沈宛走出屋子，望着诗情画意的江南雪景，想起故人。

如果他还在世，看到这样的江南月色，眼中会流淌出怎样的情愫？

她轻叹道："雁书蝶梦皆成杳，月户云窗人悄悄。记得画楼东，归骢系月中。醒来灯未灭，心事和谁说？只有旧罗裳，偷沾泪两行。"

容若，你可曾记得我的容颜？你可曾听见我的思念？自君离世，日日夜夜，碧落黄泉皆不见，唯有相思在人间。

江南如梦，可惜，这世上再无纳兰容若，再无一人能让沈宛如此深爱。

爱一个人，究竟要付出多少？又能得到多少？沈宛爱了一世，等了一世，世人笑她太痴，可她觉得一切都值得。

或许，我们还是不懂爱，所以才会患得患失，才会斤斤计较。

爱，还是太复杂……

37.此情无关风与月

【清】己亥杂诗——龚自珍

空山徙倚倦游身，梦见城西阆苑春；

一骑传笺朱邸晚，临风递与缟衣人。

说到龚自珍，更多人想起的可能是他另一首《己亥杂诗》：浩荡离愁白日斜，吟鞭东指即天涯。落红不是无情物，化作春泥更护花。一句"化作春泥更护花"成了千古名句，颠覆了落花的命运，从此，那凋零的花瓣不仅仅是凄美，它还背负着化作春泥护花的使命。

龚自珍，家族世代为官，他也没有辜负父母的栽培，二十七岁中举人，曾任内阁中书、宗人府主事等官职，一生主张"更法""改图"，全力支持林则徐禁除鸦片，为朝廷而奔波，试图改变腐朽的王朝。

虽是当官之人，却不同其他官员那般迂腐固执，他的为人甚是潇洒，一箫一剑，行走于官场，颇有一点魏晋名士的风流。

他一生写了315首《己亥杂诗》，可唯有这一首饱受世人争议：空山徒倚倦游身，梦见城西阆苑春；一骑传笺朱邸晚，临风递与缟衣人。

这首诗不但牵扯出了一桩"丁香花公案"，还改变了两个人的命运。

那年，龚自珍任宗人府主事，此时的他，已经对朝廷丧失了信心，不愿整日面对着那些榆木疙瘩的老臣，便沉醉在诗词中，游山玩水，或是找一个知己叙旧。

他找的这位知己不是别人，正是贝勒奕绘之妻顾太清。

顾太清，原姓西林觉罗，名春，满洲镶黄旗人。西林，满语的意思是士兵中佼佼者，这个姓氏在满族可是大姓，人口众多。她的祖父鄂昌受文字狱牵连被赐死，所以，西林觉罗春虽是旗人，却也是受尽冷眼。

由于罪臣的缘故，西林觉罗一族难以在京城容身，无奈之下，只能四处漂泊。离开京城时，她的年纪尚小，并不知家道中落为何意，只知他们必须离开那偌大的府邸，搬去陌生的地方。年幼的她跟随父亲一路南下，生活虽贫寒，但家学从未中断。

她知道唯有才学能改变家族的命运，能让自己重新回到繁华的京城。许是在民间生活得久了，她的性子与那些娇生惯养的王孙贵族不同，她不缠足，不拘小节，时而穿着男儿装，与书生们一同谈诗论画。

如此女子注定不是池中之物，她的才华传遍天下，同时，也传入了堂姑母耳中。

她的堂姑母身份极为尊贵，是乾隆皇帝第五子荣亲王永琪之妻。看到"永琪"两个字，应该会有许多人熟悉，没错，就是《还珠格格》里的那位五阿哥。

西林觉罗家落难时，这位堂姑母没有出手相救，反倒是听闻西林觉罗家出了才女后，才开始想起这个远方亲戚，派人将西林觉罗春接回了京城，让她在荣亲王府内教格格们读书识字。

在荣亲王府，她遇到了此生的挚爱——荣亲王永琪的孙子奕绘。奕绘虽是皇室宗亲，但精通诗文书画，与纳兰容若颇有些相似之处。

她与奕绘同岁，二人同在一个屋檐下，自然日久生情，一段良缘便这样开始。他们廊下吟诗作画，她发誓此生非君不嫁。

然而，有情人在一起并非容易的事情，他们之间还有重重阻隔。

奕绘已有妻子，赫舍里氏，副都统福勒洪阿之女，人称妙华夫人。这位嫡福晋与奕绘才是门当户对，她为奕绘带去的是荣耀，而西林觉罗春只会拖累奕绘。

若她要入荣亲王府，就必须改变自己"罪臣之后"的身份，否则这段婚事永远得不到皇室的批准。无奈之下，奕绘只能让王府中的二等侍卫顾文星认她为养女，将她的姓名改为顾太清，只有如此做，才能瞒过宗人府。

此计虽瞒过宗人府，却瞒不过荣亲王府的人。王府的人太了解顾太清的家世，哪怕改名换姓，也无法改变她罪臣之后的事实。奕绘一次次地挺身而出，与家族抗衡，甚至已经准备与她远走高飞。也许正是因为这样的坚持，王府中的人不得不妥协。

成亲那日，顾太清以侧福晋的身份被抬进荣王府。其实，身份地位对她来说真的不重要，只要能和相爱的人厮守，哪怕没有名分也心甘情愿。

这场婚姻来之不易，所以两个人十分珍惜婚后的时光。他们共读诗书，伉俪情深。顾太清与妙华夫人也相处甚好，并没有狗血的宅斗剧情，一切都那么幸福美满。

后来，妙华夫人过世，王府准备再找一贵族女子为奕绘续弦，可奕绘并未同意，此生，有顾太清一人已经足矣。

夫妻二人皆是喜爱文墨之人，自然会引来京城中的雅士入府拜访，其中，就有龚自珍。那时候的龚自珍久闻顾太清才名，便时常入府与他们谈诗论画。这一行为在现代来看并无不妥，可在清朝会遭人口舌，只不过人们忌惮着奕绘贝勒爷的身份，不敢私下议论王府之事。

九年过后，奕绘突然病逝，留下顾太清与儿女在人间。她一袭素衣，望着盛开的海棠花，满目哀伤。这海棠花还是奕绘亲手为她所种，她一直视若珍宝。如今，花期已至，人却魂归黄泉，物是人非仿佛是一刹那的事情。她摘下一朵海棠花，放在掌中，淡淡的花香如利刃般在她的心上划过一道伤痛。就在她伤心之时，并不知一桩冤案已经悄然而至。

话说那日，龚自珍经过王府，恰好瞧见不远处的丁香花，于是提笔写下了小诗一首：空山徒倚倦游身，梦见城西阆苑春。一骑传笺朱邸晚，临风递与缟衣人。

这首诗的后面还写了小注，标明了地点：忆宣武门内太平湖之丁香花。

不知为何，这首诗几日内就传遍了京城，人人皆知，并且开始议论起诗中的"缟衣人"，这会是何人？人们很容易就会想到王府内的顾太清，再加上顾太清和龚自珍往日的关系，便更让人觉得可疑。

这时候，龚自珍又写下另一首《桂殿秋》：明月外，净红尘，蓬莱幽谧四无邻；九霄一脉银河水，流过红墙不见人。惊觉后，月华浓，天风已度五更钟；此生欲问光明殿，知隔朱扃几万重。

一阕记梦的词，这写的正是月下幽会，情意绵绵。别有用心的人将这首词与丁香花的诗结合在一起，添油加醋，开始制造各种不堪入耳的谣言："贝勒府的侧福晋与宗人府主事私下幽会""他们做了苟且之事""知人知面不知心"。

谣言止于智者，偏偏那时候没有智者，一传十，十传百，闹得京城沸沸扬扬，百姓不会在意事情的真假，他们只是喜欢看那些王孙贵胄颜面尽失。

同时，也闹到了贝勒府。奕绘过世后，贝勒府的主子便是妙华夫人之子载钧。此人阴险毒辣，自幼便对顾太清充满敌意。借着这桩绯闻，他正好可以名正言顺地将顾太清及其子女赶出王府。

王府中的人不会给顾太清辩解的机会，他们并不在意事情的真伪，仅仅是想赶这个碍眼的女人出府。果真是世态炎凉，奕绘离世仅一百多天，顾太清便离开了王府。离开后，她身无分文，无处居住，只能卖了金凤钗，购得西城养马营的一处破屋子，安顿子女，她又回到了从前贫寒交迫的生活。

饱受流言蜚语的龚自珍也无法在京城继续待下去，只好带着一箫一剑一车书，愤懑地离开京城，并且，一生没有再踏足京城半步。

龚自珍潇潇洒洒地离开了是非之地，留下顾太清一个人百口莫辩。一桩冤案，少了一个当事人，另一个人说的话无论如何都不会有人相信。

失去了夫君，蒙受了不白之冤，从此，顾太清的生活没有风花雪月，只有柴米油盐。她被生活摧残得体无完肤，几次想过一条白绫了断了这条性命，可望着儿女，又不忍离开。苦难与贫困让她看淡了红尘，心也越来越平静。她离开王府时又怨又恨，此刻已经心如止水，再也不愿卷入世俗的纷争。

三年后，奕绘嫡子载钧病死，王府后继无人，那些人不得不将顾太清接到王府，让她的儿子继承了爵位。虽然冤案平反，可此时的她已经白发苍苍，满目苍凉。她纵然回到了王府，但再也回不去曾经的生活。晚年她双目失明，长年被病痛折磨，但始终不废诗书，不忘吟咏。

丁香花之案，终究是龚自珍对不住顾太清，在她最需要帮助的时候，他没能站出来，反而一走了之。若为知己，无论如何也该出手相助；若不为知己，此事因他而起，他也该解释一二。然而，他什么也没有做，让人有些失望。他的确有才华，只是，做人做事实在欠佳。

关于龚自珍的死有三种说法：一说死于权贵穆彰阿之手；一说被青楼女子灵箫和小云毒死；一说是被荣亲王府派来的杀手杀死了。晚清小说《孽海花》中则是以龚自珍儿子的口吻说，他被宗人府的同事用毒酒毒死。总之，都是非正常死亡，可见龚自珍当时确实得罪了不少人。

一直在想，如果龚自珍没有暴毙，那么他会不会想念京城的那位故友，回到京城为她沉冤昭雪？他能写下"落红不是无情物，化作春泥更护花"的句子，就该不是无情之人，只是那些人夺去了他的生命，没有给他这个机会。

听音频　悟诗情

微信扫码